国家

二〇一一·中国外交史上的
空前行动

何建明 著

作家出版社

图书在版编目（CIP）数据

国家：二〇一一·中国外交史上的空前行动／何建明著.
-- 北京：作家出版社，2022.1
（人民文学头条：全7册）
ISBN 978-7-5212-1475-8

Ⅰ.①国… Ⅱ.①何… Ⅲ.①报告文学－中国－当代
Ⅳ.①I25

中国版本图书馆 CIP 数据核字（2021）第 127630 号

国家：二〇一一·中国外交史上的空前行动

作　　者：何建明
责任编辑：田小爽
装帧设计：留白文化
出版发行：作家出版社有限公司
社　　址：北京农展馆南里 10 号　　邮　　编：100125
电话传真：86-10-65067186（发行中心及邮购部）
　　　　　　86-10-65004079（总编室）
E-mail: zuojia@zuojia.net.cn
http://www.zuojiachubanshe.com
印　　刷：三河市紫恒印装有限公司
成品尺寸：145×210
字　　数：146 千
印　　张：8.25
版　　次：2022 年 1 月第 1 版
印　　次：2022 年 1 月第 1 次印刷
ISBN 978-7-5212-1475-8
定　　价：188.00 元（全 7 册）

如果离开了自己的国家，你还会有什么？

如果没有了自己的人民，国能是什么样？

——题记

目 录

在中国，除了天安门、人民大会堂和新华门外，有一个地方，迎风飘扬的五星红旗和高高悬挂着的国徽，让人感到既庄严肃穆又崇高神圣，它就是中华人民共和国外交部。

外交部大楼从正面看，那巨型的扇面式建筑，像是一架手风琴，布在"风箱"上的一个个闪着光芒的窗口，密集有序，充满神秘。在这座大楼里，每天都弹奏着一个国家和整个世界之间交往的外交乐章，时而紧张激越，时而惊心动魄，时而柳暗花明，时而又像潺潺流水般和缓动听。

现在，我走进这座大楼，走近我们的外交官们，静静地倾听他们的讲述……于是一件震惊世界外交界、让无数国家的外交同行和政要们高竖拇指的大事内幕，徐徐在我面前展开。这件值得铭刻石碑的大事，只属于中国，只属于正在崛起的、以人民福祉和人民生命至上的我们的国家——

2011 年 2 月 21 日

一个国家决定的产生

　　黄屏，外交部领事司司长。在这座扇面式大楼里，他是上百位司局级干部中的普通一员。这一天清晨，他是从办公室那张临时搭起的行军床上起来的。他和副手、领事司副司长兼外交部领事保护中心主任郭少春等人已经两天没有回家了，这仅仅是大战开始的前夜。

　　利比亚的形势每天都在恶化，其发展速度根本无法预料。从2月19日开始，我驻该国大使馆向国内发的电文一封比一封加急：

　　　利比亚政府已经失去对多个地区的控制，局势发展
　　对我在利工作的数万名建筑人员和公民形成万分危急之
　　势……

　　二十日晚起，这里已陷入全面动乱状态……

　　形势已万分危急，我在利建筑工地多处遭遇袭击和破坏。有的公司财物被抢劫一空，并有数百上千人被暴徒残忍地赶到荒无人烟的沙漠之中……

　　"我们是领事司，维护海外中国公民的生命和财产安全义不容辞。现在几万名在外同胞身处险境，我们必须时刻坚守岗位，全力以赴投入战斗！"黄屏斩钉截铁地说。

　　对黄屏和领事司的同事们来说，现在他们面临的这场战斗绝对是超级大战：要从远在万里之外的非洲战乱之地，将几万名随时处在生死危机之中的同胞接回来……

　　"怎么接？"

　　"什么时候才能接完？"

　　"要动员多少人力物力？"

　　"拖上十天八天，要是死了几百几千人咋办？"

　　黄屏一说起当时十万火急、迫在眉睫的危急形势，语速快得就像连珠炮，脸涨得通红，情绪格外激动。

　　必须把同胞接回来！接到咱祖国的土地上！必须让他们平平安安地回到自己的家！

这是黄屏和领事司同志们共同的心愿，也是他们掷地有声的誓言。

"2004年6月，中铁十四局到阿富汗参加援建工作的11名工人被武装分子袭击遇难，是我去机场接的。当时看到排得整整齐齐的11口棺材时，我的心痛啊！你想想看，11口棺材哪，那都是我们自己的同胞。接机的遇难者亲人也在现场，他们个个哭得死去活来……这一幕我永远忘不掉。"泪光在铁骨铮铮的黄屏的眼眶里闪动。

"这一回是几万同胞啊！他们身处水深火热的险境，利比亚炮火连绵，枪声四起，流血冲突和暴力事件每分每秒都在发生。一旦他们被交火双方当成人质，出现成百上千的伤亡，那可是天大的悲剧啊……"黄屏的嘴唇在颤抖，尽管事情已经过去了一年多，他依然激动不已。

"所以，我们外交部、我们领事司的任务，就是要想尽一切办法，及早把我们的同胞安全地接回来！"黄屏重重地补了一句，"一个也不能少地全部接回来！"

黄屏深吸了一口气：昨天杨洁篪外长主持召开紧急会议的情景还历历在目——

亚非司司长陈晓东汇报利比亚形势："目前的判断，从利比亚的内部看，卡扎菲高压统治已经四十二年了，政治上四面树敌，经济建树也不多；从外部看，西亚北非政局动荡来势凶猛，虽然卡扎菲本人试图讨好西方，但仍被视为异类，必欲除之。利比亚形势将继续恶化，很可能变成全面内战。"

"我同意晓东的看法，"国际司司长陈旭说，"从我常驻联合国代表团那边报来的情况看，西方国家正在酝酿出台有关利比亚的提案，意在整垮卡扎菲。"

"那么，如果局势恶化，我们的人员撤离会不会受到冲突双方的阻碍呢？"外交部党委书记张志军提出一个关键性的问题。

"肯定有困难，但总体上应该不会遇到阻拦，因为中利双边关系还算正常，反对派方面要争取国际承认，也很看重我安理会常任理事国的大国地位，不大可能得罪我们。目前我们在卡扎菲和反对派两边都有关系，只要工作到位，政治层面应该有保障。"外交部副部长翟隽说。

杨洁篪外长一直沉默着听大家的意见。张志军书记看看他说："看来，我们要把工作往前赶，也要作最坏的打算。"

"看来要撤人了。"杨外长终于说话了，只听他用低沉的语气道，"人是第一位的，人命关天，首先要考虑的还是我们自己的人要安全。现在最要紧的事是：政策司、亚非司把情况搞清楚；欧洲司、非洲司先准备起来，关键时刻要能找得到人、说得上话、办得成事。把这么多人撤出来需要时间，要尽可能争取时间。"

杨外长抬头环视了一下在座的副部长和司局长们，指着财务司司长胡建中说："兵马未动，粮草先行，先和财政部的同志沟通好，可能需要特事特办。"

"明白。"胡建中重重点头。

杨外长随即宣布："现在部里需要成立处理我在利公民安全事宜的应急领导小组，请志军书记挂帅，宋涛、翟隽为副组长，黄屏、陈晓东和各部门一把手为小组成员。"

"好，大家按照杨外长的布置行动吧！"张志军书记说。

"听着，从现在起，我们这里的所有人，除了上厕所，一刻也不能离开岗位了！"按照惯例和业务职责，领事司和所属的领事保护中心，毫无疑问是具体行动的主要执行单位。黄屏在领事司说完这句话，又小跑着赶到领保中心重复了同样的话。

"有多少人呀？"

"听说有一万多！"

"何止，少说两三万呢！"

领事司和领保中心的年轻人近些年也经历过大大小小十余次撤离行动，但这么遥远，这么多人，又这么紧迫的，他们可从来没有遇到过。几万人的生命安危与他们息息相关，亿万民众和数千万海外侨胞在热切关注，其压力之大可想而知。

此等事态外交部没有遇到过。中华人民共和国也没有遇到过。

20 日晚，紧靠外交部居住的不少北京市民看到那栋手风琴式的扇形大楼有不少窗户是彻夜通明了……

21 日早，黄屏和郭少春就从领保中心赶到部会议室参加应急领导小组碰头会。平日总是笑容可掬的杨洁篪部长也来到会上，此刻杨外长的脸上已经没有一丝笑意，他用极其深沉的语气再次强调："继续密切关注利方局势发展，尽快做出撤离我同胞的方案。"

是啊，大战将至，几万人的撤离方案怎么做？谁来做？

"由宋涛牵头，办公厅协助，领事司和领保中心打头阵，其他部门全力配合。"外交部应急领导小组组长张志军下达命令。

碰头会用了不到半小时。接下命令后的黄屏和郭少春对视了一下，不约而同地最先站起来。

"黄屏、少春！"宋涛叫住了他们，"你们最好中午前把撤离预案给我，下午一上班要开部内协调会，紧接着是各部委之间的协调会。没有方案不行啊！"

黄屏和郭少春会意，这分明是迫在眉睫之上再加 4 个字：十万火急！

"是！宋副部长，我们一定在中午前拿出预案！"黄屏回答得干脆利索。他拍了一下郭少春，两人一路小跑着往领保中心赶。

"接下去的半天是怎么过来的，我真的想不起来了！"黄屏摇着头说，"反正我和少春的脑子就像开足马力的机器，全速运转。

领事司和领保中心的几十号人也都被动员起来，有的收集前方信息，有的研究撤离路线，有的测算运力计划，有的与驻利比亚和周边国家的使馆联系，还有的紧锣密鼓地与商务部、国资委、公安部、民航局等单位沟通。总之，我们以最快速度做出了一份高质量的撤侨预案报告。中午前送到了办公厅，送到了宋涛副部长那里……"

这天中午，有人看到宋涛根本就没扒几口饭，办公厅的张明主任都没时间端饭碗。他们的任务是马上把撤侨预案改成上报部长和主管外交工作的国务委员戴秉国同志的正式方案。与此同时，由外交部牵头，有十多个部委参加的部际协调会也在紧张地准备着。

下午2点30分，外交部的部内协调会首先召开。各部门领导参加，并形成7点意见，其中最重要的是撤离方案，而方案已经涉及海、陆、空联动，甚至考虑出动军队……

乖乖，这是啥阵势！有人在窃窃私语时瞪圆了眼睛。

4点，由外交部牵头，公安部、安全部、交通运输部、农业部、商务部、国资委、海关总署、国家质检总局、民航局、解放军总参谋部及相关公司负责人参加的部际协调会在外交部大楼召开。宋涛主持，并向各单位布置撤侨事宜的相关任务。

会上出现了一些意外，某利比亚工程建筑公司负责人说着说着，竟然哭了起来："我们的工地从19日开始，已经被那边的暴徒们连抢了好几次。他们都是拿着枪的，我们有好几位工人被打伤了，可怜的是那些女同志，个个吓得不知咋办。刚才开会来之前，我又跟那边联系了一次，说他们已经顶不住暴徒们的洗劫了，撤到沙漠的营地里。几分钟前我连续又打了十几个电话，可再也联系不上……这几百号人，要出了问题，我可咋向他们的家属交代呀！求求你们外交部，求求政府，快帮忙吧！"

那是位平时说话气壮山河的国企大老板。他的哭求，让会议顿添几分悲忧。

"所以说，局势已经到了十分危急的时刻，大家必须怀着对人民负责的态度，迅速行动，争分夺秒，尽可能地确保我在利公民的安全，顺利完成撤离任务！"宋涛高声强调。

"那就把任务分配给我们吧！"

"对，叫我们干什么，尽管说来！"

"还有我们……"

各部委的态度，让外交部的同志非常感动。这时，办公厅有人来向宋涛报告："戴国委马上到，他要见你。"

"抱歉，我要去见一下国务院领导。"宋涛一听，立即中断会议上的发言，又朝办公厅主任张明使了个眼色，两人匆匆赶到办公室。

国务委员戴秉国、杨洁篪外长、张志军书记前后脚进屋。

"老领导，您事先也不打个招呼，我好到门口接您去呀！"宋涛有些措手不及地给首长让座。

"这是我的老家，还用客套吗？"国务委员戴秉国随手脱下长大衣，往椅子靠背上一放，笑眯眯地对自己的老部下说。

作为主管国家外交事务的国务委员，戴秉国曾在外交部工作了三十多年，几乎认识机关里的所有人。新老外交官们对他更熟悉，因为他对所有人都特别亲和，见了人就笑眯眯，所以外交部上上下下都亲昵地称他是"可爱的小老头"。"快过七十了，个子又小，还不是小老头？"这些年，戴秉国逢人总这样说，说完又一脸笑眯眯。

但是此刻，戴秉国脸上的笑容很快消失了。当他听完关于利比亚撤侨方案的简短汇报后说："我在利比亚的人员到底是两万人还是三万人，或许更多？这么多人要在短时间内撤回来，形势严峻，事关重大，外交部恐难独立应对，应当上升至国家层面来研究。"

"要走国家层面，主席、总理必须点头。你们尽快准备好报告。"戴秉国指示道。

"是。"

戴秉国只在外交部停留了不到半小时，但就是这半小时，完全改变了外交部原先的撤侨预案。也就是说，一场中国有史以来最大的海外撤侨战役，从外交部层面一下转为了国家层面！

"马上命令各部门按照戴国委的指示，迅速重新部署！"杨洁篪指示宋涛，当即以外交部应急领导小组的名义，向部机关和前方使领馆发出新的战令。

黄屏接到的部里命令是，要他马上成立以领保中心为主的外交部利比亚撤侨应急指挥中心，其任务为：全力配合和协助国家有关部门进行利比亚撤侨工作。

领事司的内部动员会即时召开，三四十名业务骨干被抽调到领保中心的应急队伍之中。

"大家听着，我们要打大仗了！从现在开始，全体人员都要进入二十四小时应急状态，直到撤离战斗结束！"黄屏像个前线指挥官，站在领保中心那间办公室中央，这样命令着。

副司长兼领保中心主任郭少春作出具体分工："中心需要分为联络组、信息文电组、包机组、电话值班组……所有同志一律两班倒，二十四小时全程值班！"

"今晚要在中央电视台《新闻联播》节目和新闻频道上滚动播出我们领保中心有关利比亚撤侨的热线电话，接电话的同志安排好了没有？至少两位同志。我看还是女同志当接线员好一些，女同志谁上呢？郝雨和陈枫吧！今晚你们就要提前进入战斗！有没有问题？"黄屏问。

"没有！"郝雨、陈枫两位女同志异口同声道。

"家耀，抱歉了。今天是你儿子满月后上班的第一天，却不能回家……"黄屏拍拍联络组组长、领保中心副主任朱家耀的肩膀，带着歉意地说。

"把前线的情况赶紧摸清楚，就算是我最对得起儿子和他妈了！"朱家耀俯身操起办公桌上的专用电话，向中国驻利比亚大使馆喊着："是王大使吗？请把你们那边的情况再跟我说说……"

"民航局吗？我要你们确定在这几天里能抽调多少架飞机……"包机组的张赫群、张良轮番给民航局打电话。

"司长，请你马上审阅……"领保中心的另一位副主任张洋将拟好的公民告示和热线电话电文，递到黄屏手里，"如果没问题，电文将在中央电视台《新闻联播》中和新闻频道滚动播出。"

"我看可以。少春，你再推敲一下。"黄屏迅速扫了一眼，随即塞给郭少春。

郭少春认真看完电文后，果断地说："就这样吧！"

黄屏拿着手机，边接听电话，边拉过郭少春说："部里指示，让我们把撤侨方案报告再审核一下，立即送中央……"

几十分钟后，《新闻联播》节目开始，13亿人民都看到了屏幕下方一行不断滚动着的文字——外交部在利比亚中国公民领事保护应急热线电话：（010）65963747、（010）65964095……

从这一刻起，外交部领保中心的电话铃声，片刻都没有停息过，它连着亿万国人牵挂的心，连着世界各地……

"第一天、第二天我还能扛得住，后来我的胳膊全都麻了。麻了也要不断地抬着，习惯性地伸缩，总之，你问我一天接多少电话，我根本数不清，有好几百个吧！"接受采访时，陈枫说。

"电话多数是在利比亚工作同志的家属打来的。有人第一次打来就哭，那是焦急地哭；第二次打来还是哭，是高兴地哭，知道我们帮他们找到了亲人；第三次打电话接着哭，因为知道自己的亲人平安无事后，激动地感谢党和政府……"郝雨说。

热线电话里除了哭，就是喊，不停地喊着"求政府""求外交部""求大使馆"救救他们的亲人。也有人从战乱中的利比亚打来电话，请外交部向他们国内的亲人转告平安……

所有人都在着急，所有中国人都在为远在万里之外、身处险境的同胞们着急！

此刻，还有一位更着急的人，他就是国务委员戴秉国。

从外交部出来，应是快下班的5点来钟。戴秉国赶着去钓鱼台参加一项重要的外交活动：陪国家主席胡锦涛会见某国总统。原本这是一次礼节性活动，然而今天我们的国务委员肩负着神圣使命，他要当面向胡主席请示，把利比亚撤侨战役上升至国家层面。

前线形势越来越严峻，每延误一分钟都有可能给我几万同胞带来不堪设想的严重后果。

"主席，关于利比亚撤侨的事需要向您请示……"傍晚，戴秉国见缝插针，在胡锦涛主席宴请总统的间隙，凑到胡主席身边，俯着身子轻声汇报。

胡锦涛不时点头，时而转过头，一一指示戴秉国……

很快，戴秉国离开了钓鱼台，乘车直奔中南海的办公室。

"接外交部……"他进门的第一句话就对秘书说。秘书抓起电话的那一瞬间，有些心疼地看了一眼自己的首长：他可已是七十岁的人了！

晚9点，外交部办公室里，宋涛正在与我驻利比亚大使王旺生通话："形势十分严峻，国家层面的撤侨行动马上要全面开始，你们一方面要尽全力做好在利人员的保护和撤离工作，也要加强防范，确保自身安全。"宋涛语气坚定，又充满感情地吩咐道。

"请部里放心！请党中央放心，我们一定坚守到底，完……成好……祖国交给的任务！"

"你的嗓子怎么了？已经哑了吗？老王，你身体怎么样？顶得住吗？战斗就要开始了……"宋涛不无担心地问，又心疼地叮嘱，"你和同志们千万要注意身体啊！"

"我挺得住，请放心……"远方传来的声音断断续续，还伴随着嘶嘶啦啦的杂音。

宋涛看了看手表，对办公厅张明主任说："的黎波里的通信状况已经变得不大稳定了，情况在恶化。事不宜迟，你叫上晓东、黄屏他们，10点钟到我这里，咱们再开个紧急碰头会。"

9点50分，几个部门的负责人提前到达外交部会议室。宋涛说："中央正在研究我们的报告，部里的工作必须提前进入战斗状态。只有这样，一旦中央的决定下达，整个撤离战役才会以排山倒海之势展开。人命关天，从现在起我们不能耽搁哪怕是一分钟的时间！"

停顿了一下后，宋涛看着黄屏、郭少春，下达指示："你们必须立刻通知驻埃及、土耳其、突尼斯、希腊、马耳他等国的使领馆做好相关工作，请当地政府为我们从利比亚撤离人员提供一切可能的入境及安置便利；还有，要以最快的速度了解从有关国家租用飞机、轮船等交通工具的可能……"

会议开了不到半个小时，但宋涛发出的指令足有几十条，每一条都十万火急！

办公厅、亚非司，尤其是黄屏、郭少春他们的领事司和领保中心，背回去的任务具体落实起来足有几卡车那么多！

回过头来再看中南海的一连串"国家决定"程序：

外交部的撤离报告送至戴秉国手里后，随即呈报到总理办公室。

总理温家宝神情严峻而凝重地在关于利比亚撤侨"一级响应"的请示报告上写下长长的一行重要批示……

一直等待最高领导决策的国务委员戴秉国，此时刚想脱下衣服往床上靠一靠，红机电话铃响了："秉国同志啊，总书记和总理批示了，让我和你一起来指挥这场战斗……前方的形势很紧急，你看我们是不是明天……不对，现在已经过零点了，应该是今天一早就得开第一次国务院应急指挥部会议？"

是政治局委员、副总理张德江来电。

"好，我完全同意。不过建议今天的会比平时早一点开。"戴秉国说。

"那好，就定8点正式开会。我来安排人往下通知，你眯一会儿……"张德江说。

副总理和国务委员之间的电话暂时放下。随即，中南海的电话将一个个相关人员叫醒：

"尤权副秘书长，请您8点务必准时参加国务院领保中心召开的会议……"国务院副秘书长尤权接电话的时候，还没有睡。

"杨外长，请您8点务必准时到中南海参加紧急会议……"杨洁篪接到通知时大约为凌晨1点。宋涛比黄屏接到会议通知早出十几分钟。

国资委副主任黄丹华接到会议通知时,大约为 2 点钟。

中建总局、国家民航局领导们则在凌晨 3 点来钟接到通知……

这一夜,中南海的许多人彻夜未眠,因为 8 点钟所召开的会议上需要准备各种材料。

数十个部委的主要领导者同样不能睡觉,他们多数人接到电话通知后就知道中央必定有特别紧急的大事,那些住在城郊的同志干脆在接到会议通知后,直接开始往中南海赶了……

6 点 50 分,黄屏带着他与郭少春用几个小时准备和修改好的撤离草案,随杨洁篪、宋涛等赶赴中南海。

"我们到国办会场时,还不到 7 点半,所有参与行动的相关单位的负责人几乎都到齐了!"黄屏对那一天会议情景记忆深刻。平时国务院开会,都是在 9 点开始的,2011 年 2 月 22 日这一天例外。因为这一天的前夜,国家主席胡锦涛和总理温家宝正式作出了从利比亚撤侨的决定,采用的是"国家一级响应"。

何为"国家一级响应"?用通俗的话讲,即为国家最高级别的动员,与处理 2008 年汶川大地震同等级别!

22 日上午 8 时整,国务院副总理、利比亚大撤离行动国家应急指挥部总指挥张德江来到会场。

"嘿，都到齐啦！看来我们的队伍真是拉得出、打得响啊！"副总理满意地点点头。然而这仅仅是瞬间的轻松。会议开始，气氛骤然凝重和紧张起来：利比亚形势瞬息万变，每一分钟都在向不可预测的方向恶化……

"那天的会议上，我们心情都很沉重，但大家又都很有信心，都朝着一个目标努力：按照中央领导的意见，克服一切困难，把我们的同胞救出来！整个决策和方案都充满智慧，各单位纷纷请战，令人感动。"采访时，杨洁篪外长对我说。

"从利比亚撤侨，涉及几万人的身家性命，事关大局，我们一定要千方百计保障我方人员安全，千方百计保障我财产安全，千方百计维护我国家利益……"张德江强调的这三个"千方百计"成为整个撤侨战斗的行动方针。

"这么大的战役，我们要有对困难的足够估计，也要有死人的准备……必要时，请求中央军委出动军事力量。"戴秉国补充道。

会议宣布张德江为总指挥，戴秉国协助张德江，国务院副秘书长尤权为总协调。各相关单位请战情绪高涨，外交部被指定为国务院应急指挥部办公室，部长杨洁篪主抓，部党委书记张志军为组长，宋涛、翟隽为副组长。

外交部实际上担任了整个撤侨行动的前线指挥部职能。

战斗部署完毕，一场有史以来中国最大的撤侨行动开始了——

前方，战乱惊心……

"砰……"这第一声枪响，是利比亚反对派 2011 年 1 月 14 日在班加西市一个叫苏卢格的施工现场打响的。当卡扎菲的女保镖将这一消息告诉他时，这位"非洲之王"不屑一顾地"哼"了一声说："我是穆阿迈尔·卡扎菲，不是本·阿里！想搞倒我没有那么容易！"

"砰砰……"这回是两声还是三声枪响，似乎谁也没有在意，但反对派枪管里射出的愤怒子弹已经在昭示着什么。这一天是 2011 年 10 月 20 日，距卡扎菲听到前一次枪响时隔九个月零六天。这回卡扎菲又说了话，说得断断续续、战战兢兢："我是这个国家的领导人，是你们的父亲，孩子，你们不能这样……"然而没有一个人听他的话，躲藏在水泥涵洞里的他被人拖出，死在乱枪之下，死状特别地血腥……

这是一个强权和独裁国家统治者的命运，一个统治了四十二年的"革命领导人"的命运。一切都在瞬息万变之中……

利比亚民众给自己的统治者打响的第一枪，似乎与更迭政权无多大的关系。1 月 14 日在班加西市苏卢格工地上响起的枪声，是一帮抢房子住的百姓与前来维护秩序的警察冲突引发的。此前卡扎菲在一次公开场合上说过这样一句话："我的人民必将拥护我，因为我正在为你们盖许多许多房子，有的已经快盖好了，你们可以住上好房子，过上好日子！"

　　令卡扎菲想不到的是，那些祖辈无房的贫苦百姓一听这消息，疯狂地冲到了那些正在盖建的房屋工地上，见了已经盖好或快要盖好的房子，便兴高采烈地写上自己的姓名，然后又蹦又跳地欢呼"我有房子住了""我有房子了"。这一喊不要紧，喊醒了千千万万生活在底层的平民百姓，他们一个比一个疯狂地冲进建房工地，于是引发了全国性的抢房狂潮。

　　君不知，利比亚的盖房子工程，几乎全由中国人承包施工，动乱时首当其冲的受害者自然是我们的同胞。这是后话。我们需要粗略了解一下在 2011 年几个月里，利比亚和卡扎菲命运发生变化的背景。

　　对于全国的抢房乱象，卡扎菲很生气，后果当然很严重。他发出命令，可乱象依旧，他脑子一热动用大量警察去驱赶。火势暂时扑灭了，但卡扎菲并不明白，那些不听命于他的臣民们为什么选择了 1 月 14 日这一天闹事。

　　其实，这一天除了自以为强大无比的卡扎菲本人外，几乎所有的人都在关注他们的邻邦——突尼斯。一场"大革命"仅仅用了二十七天时间就彻底改变了一个国家、一个政权的命运：七十四岁的总统本·阿里这一天晚上再也招架不住，携家人仓皇离境出逃，从而结束了他四次连任总统、统治突尼斯长达二十三年之久的历史。

据说，突尼斯总统本·阿里出逃的消息传到的黎波里卡扎菲的豪华露天帐篷内时，卡扎菲很不以为然，并说："西方侵略者靠几条狗的一把火想烧毁非洲的革命阵营，只会是白日做梦！"

卡扎菲小视了"一把火"的威力。他整天逼着利比亚人民背诵他的语录，却忘记了一句经典的话："星星之火可以燎原。"突尼斯的动荡像是导火线，在非洲引发了一连串波澜壮阔、惊心动魄的大事件，埃及、也门也先后发生动荡，埃及总统穆巴拉克、也门总统萨利赫相继下台，让全世界都为之震惊。

也门与利比亚同属阿拉伯国家，埃及和突尼斯则在利比亚的一东一西。周边国家如此巨大的政治风暴和民众革命，怎能不影响利比亚？尤其是西方世界早已对这个拥有巨大石油资源的地中海北岸国家垂涎三尺。堡垒往往先从内部攻破，利比亚的问题主要出在内部，或者说是出在一心想当"非洲之王"的"卷毛狂人"、国家元首卡扎菲自己身上。

利比亚是非洲富裕国家，人均收入居于高位。尤其是它的石油，其品质无与伦比。然而，这个只有600万人口、富得流油的国家，民众却没有像同样盛产石油的阿联酋、卡塔尔人民那样过上好日子。

利比亚实行计划经济，这并不能说是绝对错误，问题的关键是卡扎菲声称自己搞的是不同于社会主义和资本主义的第三条道路，却没有把广大民众的生活放在第一位予以重视。相反，他利用家族控制了利比亚的经济命脉。建设方面由于过度依赖外国劳工，不重视基础工业和民生工程，百姓的失业率不断攀升，生活水平近年不断下降。

一心想做非洲"王中王"的卡扎菲从二十世纪九十年代开始，将雄心放在整个非洲，对外援助非盟十分慷慨，由此当上了让他内心深感满足的非盟主席。老卡在国内除了不重视民生，还有一点也是致命的：他对自己的家乡和"革命圣地"——他当年发动军人起义的根据地等地区的发展很给力，却极不重视东部城市班加西等地的经济建设，资金投入极少。多少年来，首都的黎波里繁荣发展，高楼林立，高速公路畅通便捷，而利比亚第二大城市班加西却萧条破落，市内道路坑坑洼洼、破烂不堪……

反对和支持卡扎菲的东西部落之间积怨不断加深，外强中干的卡扎菲政权在邻国突尼斯、埃及"革命风暴"影响下，反对派的力量正在聚集并窥测着机会，班加西的地位此刻就显得越来越重要。

2011年年初的利比亚，看起来似乎很平静，依然到处张贴着卡扎菲的头像和绿色旗帜，其实整个利比亚已像一片临近燃烧的枯草地，只差有人划上一根细细的火柴，一场席卷全国的燎原大火必将燃起——后来的情况果真如此。

这次"划火柴"的是一位律师，他叫法思·特比尔，班加西有名的"阿布萨利姆家属"组织发言人。2月15日，法思再次准备到班加西当地的卡扎菲政权去"说理"，却被警察投入了监狱，于是法思的支持者们得知情况后就上街游行抗议。

第二天，当局不得不将法思释放，以为这样就可以平息事态，没想到从此上街游行的人越来越多，且一直蔓延到利比亚其他城市，包括首都的黎波里……

有必要交代一下法思为什么上街，他和"阿布萨利姆家属"组织有何渊源。

二十世纪初，利比亚是意大利的殖民地。1927年至1934年间，利比亚领土被意大利统治者一分为二，同时白人大批拥入这块地中海南岸的藏有大量石油的国家。"利比亚"这个名字也是意大利人在1934年时启用的。二战期间，利比亚人奋起反抗殖民主义者，代表人物叫奥马尔。如今班加西街头到处还有这位民族英雄的头像，就连目中无人的卡扎菲也称奥马尔是"国父"。

之后的漫长岁月里，利比亚的外部环境尚算平静，卡扎菲"革命"成功之后，几度与西方决裂，后来又"反省"。特别是新世纪以来，利比亚出现了"开放"迹象。这个时候，一件并不经意的事却发生了。2006年2月17日，意大利驻班加西领事馆门口聚集了大批民众，他们是来抗议的，因为一个意大利人身穿着印有被全世界穆斯林视为"亵渎真主"的丹麦画家漫画形象的外套，在班加西招摇过市。

在这场抗议过程中，有个十四岁的男孩上了意大利领事馆大楼的屋顶，欲将意大利国旗拔下来。结果利比亚当局开枪扫射，随即便引发了冲突，14位平民在这场冲突中死亡。这一天在利比亚人民心中留下了极深的伤痕，班加西人称它为"愤怒日"。

法思在2011年2月15日被当局逮捕的原因，就是卡扎菲军警人员认为，法思是在准备为两天后的"愤怒日"组织一场反政府示威。

"阿布萨利姆家属"则是另一个事件。二十世纪九十年代，卡扎菲通过军警逮捕全国持不同政见人士，关在首都的黎波里阿布萨利姆监狱。由于卡扎菲实行的是"逆我者亡"的高压政策，1996年6月29日，阿布萨利姆监狱内的一千二百多名政治犯因为抗议狱中的非人道行径而被卡扎菲当局枪杀。他们的尸体被送到郊外秘密地集体埋葬，这些死者多数是班加西人。

这样一桩惨案，利比亚人从来不敢刨根问底，皆因慑于卡扎菲政权的残酷手段。2004年，一心渴望获得西方好感的卡扎菲承认了"阿布萨利姆事件"，此后有相当多的遇难者家属要求政府公布遇难者名单和他们被埋葬的地方。

强人卡扎菲对此既不妥协，又一直不松口，致使"阿布萨利姆事件"中的遇难者家属多年来一直不停地举行集体抗议活动，故在利比亚有了"阿布萨利姆家属"组织。律师法思是这个组织的成员，也是他们的发言人。法思的一个哥哥、一个堂兄和一个姐夫就在这一千二百多名死者之中。法思是弄清"阿布萨利姆事件"真相的坚定拥护者，所以自2004年开始，他每个星期都会到法院门口进行抗议。那些年里，只有法思一个人这样做，也因此坐了7次牢，并且屡遭严刑拷打。然而法思从来没有屈服，这也使得他成为了班加西有名的反政府人士。

邻国突尼斯出现政治动荡，总统在2011年1月14日深夜出逃，消息很快传到利比亚。一直对卡扎菲政权怀有仇视和对立态度的班加西人，认为时机已到，应当顺势揭竿而起。然而，谁来领导推翻卡扎菲的斗争呢？

法思！法思是他们的英雄，他有足够的勇气和智慧！于是从2月14日深夜至15日清晨，不断有人来到法思的住处，他们兴奋地怂恿心目中的英雄，挺身出来擎起反卡扎菲的大旗。

"以真主的名义，我愿意为推翻暴君和专制挥洒鲜血……"法思面对群情激愤的拥护者，毫不含糊地亮出自己的主张。

当局的秘密警察很快发现了法思及其追随者的动向，15日当天就将法思逮捕了。消息传出,班加西的"阿布萨利姆家属"组织立即到街头示威游行,要求当局释放法思。迫于群众的压力,害怕几个邻国接二连三的反政府抗议浪潮席卷到利比亚,班加西当局在16日释放了法思。不想为时已晚,或者说卡扎菲政权没有想到的是,那些久积在利比亚民众心中的反卡扎菲统治的愤怒之火此刻已经点燃,迅速蔓延开来,变成熊熊大火,再也无法将其熄灭……

2月17日,是班加西有名的"愤怒日",人们纷纷上街游行,开始是几百人,后来是几千人、几万人,再后来全城的男男女女、老老少少都加入了游行队伍。

问题的关键是,这一天的群众性纪念活动,后来其内容发生了变化。这要怪卡扎菲和他的统治集团犯了一个极其严重的错误:他们派出大量的军警人员和秘密警察、情报人员,甚至还有外国的雇佣力量对群众施暴。这些人戴着黄色帽子,手持剑、铁棍及石头,军警们更是明目张胆地举着枪,对游行示威的民众劈头盖脸一阵乱打,甚至开枪伤人。

冲突愈演愈烈,纪念日的游行成了反卡扎菲的民众运动。班加西城内有人直接举起了推翻卡扎菲的旗帜,民众高喊"卡扎菲下台"的口号,与军警等各种镇压者展开针锋相对的斗争。他们用石头和砖块回击军警的枪弹和催泪弹,用木棍和门框及汽车轮子抵挡装甲车进攻，用火柴和打火机焚烧卡扎菲的画像以及他的"绿皮书"——这些几十年来都是利比亚奉为神圣不可侵犯的"领袖形象"和"领袖思想"。更让卡扎菲政权不能容忍的是，这样的"叛徒"和"卖国贼"行为，不仅在班加西出现，其他利比亚大城市也都出现了类似的大规模反政府、反卡扎菲的群众怒潮，利比亚从此陷入全面的混乱。

2011年2月17日，因此成为利比亚"革命"的一个具有标志性的日子。

利比亚出现的动荡，让西方世界特别是美国方面欣喜若狂，他们早就期待着阿拉伯反美阵线彻底瓦解。当日，美国国务卿希拉里在白宫公开支持利比亚的反对派，谴责卡扎菲政权的镇压。英国首相自然也跟着起劲地出来谴责卡扎菲。这回法国更是走在西方列国的前头，总统萨科齐的调子比希拉里还要高出几分贝。联合国人权事务高级专员皮莱也加入了谴责卡扎菲的行列。所有这些，都像是火上浇油一样，让利比亚境内的反政府势力获得了精神和行动上的巨大支持。

卡扎菲是个不服输的主儿。18日当天，他发表了全国电视讲话，一则威胁示威者，说"以人民和革命的名义"，将采取严厉措施惩罚那些包括上街游行的混乱制造者；二则表明自己不会辞职，宁可不要生命，也不会离开利比亚。

　　卡扎菲的强硬态度，引来反政府民众的强烈不满，反抗情绪更加高涨。19 日，双方展开针锋相对的冲突，造成了更大的流血伤亡。一队队穿着穆斯林服装的男男女女抬着用白布裹着的一具具尸体上街，此情此景让世界同情，残酷枪杀无辜平民的罪行让人无法容忍，卡扎菲政权陷入到怒海狂涛般的声讨和谴责声中。

　　"打倒卡扎菲""推翻暴行政权"的口号，已经成为了利比亚全国多数民众的实际行动。

　　"卡扎菲必须交权""利比亚现政权已经失去合法性""卡扎菲必须接受国际审判"等说法，则在以美国、法国为首的西方世界的话筒里频频传出。有关人权组织及时作出一个统计：截至 2011 年 2 月 20 日，卡扎菲政权的连续镇压，已经造成三百多人死亡，逾千人受伤。

　　21 日，半岛电视台突然传出消息，称卡扎菲已离开利比亚，前往南美洲国家委内瑞拉。这消息让利比亚国内一阵狂欢，正在街头"革命"的民众又是放鞭炮，又是跳舞唱歌庆祝。然而没多长时间，卡扎菲的儿子赛义夫在电视上公开辟谣，称他父亲决不会离开自己的国家，即使战斗到最后一个人也决不投降。

　　利比亚是个部落国家，反对和支持卡扎菲的两股势力此时不分上下，于是全国性的混战便全面开始……赤手空拳的反卡扎菲人士和民众拿起土制的枪支与石头、铁棍，政府军警则动用迫击炮、机关枪和防空导弹。

　　卡扎菲还声称，本·拉登的"恐怖组织"也已进入利境，加入了暴乱队伍。当局的电视台还证实了，政府军已经从班加西撤离，这意味着利比亚东部完全失控，反对派开始执掌这一地区。可时隔几小时，又传出卡扎菲将派军队轰炸班加西。到底是怎么回事，谁也弄不清楚，总之利比亚已经是一片乱局。到处是打砸抢，到处血流成河，也分不清究竟是谁干的。一个国家的民众在这种情形下没有了自己的国家政权，一个国家的政权在这种情形下没有了自己的民众。

　　利比亚人民陷入了苦难深渊。

　　陷入苦难深渊的不只利比亚自己的人民，还有成千上万的外国建设者，他们十分依赖这里的工程项目和庞大的劳动力市场。

　　据说，在利比亚最多的劳务人员是埃及人，有上百万人。埃及与利比亚是邻国，几千里的国境线紧挨着，动乱一开始，成千上万的埃及人便越过沙漠地带，逃亡回国。

　　然而，更多远涉重洋来建设利比亚的工程建设者和劳务人员就麻烦了。他们人生地不熟，回国的路程那么遥远，可谓困难重重。局势失控的利比亚，机场、边境关卡及港口全都陷入无政权、无秩序的状态，更为严重的是动乱带来全面的暴乱，外国人及他们参与的工程、拥有的财产等，一时间皆成了利比亚成千上万暴徒袭击和抢劫的对象……除了石油设施之外，利比亚最多的外国承包和建设工地就是住宅项目，而这样的项目十有八九是我们中国人在干。

利比亚陷入动乱后，武器散落民间，部分地区陷入了治安真空，一些暴乱分子有机可乘，肆意抢劫，中国工地成为他们的首选目标。其结果是，我们在利比亚承包的工地所遭受的冲击也是最罕见和血腥的。下面是部分中国在利比亚工程人员的亲历讲述——

负亮（中国水电集团公司利比亚公司负责人）：

我们中水电公司在利比亚有 3 个大项目，都是盖房子的，其中两个在利比亚东部城市班加西附近，一个在利比亚的南部塞卜哈那边。最先遭受暴徒袭击的班加西附近的两个工地，一个在迈尔季，一个在贝达市，共有一千多人。贝达市的暴乱从 2 月 17 日就开始了。为了保证我方人员安全，中水电公司见形势不妙，就在 18 日白天将贝达市区的一百多名建筑工人撤到了郊区的另一个营地。没有想到的是 18 日当地时间晚 7 点，数十名不明身份的当地暴徒，手持土枪，肆无忌惮地开着抢来的车辆，向我营地疯狂地袭击。为保护公司财产，我方营地二百多名员工勇敢地捡起石头、瓦片等奋力回击。对峙之中，暴徒开枪射击，造成我方 11 人受伤。现场项目部领导果断作出决定，所有人员撤出营地，向附近的一座小山丘撤离。暴徒并没有因此罢手，他们随即抢劫了营地的汽车、泵车等大部分设备和物资，并纵火焚烧了仓库和营地。躲在山丘后面的我二百多名工人兄弟，一边擦着身上的血，一边流着泪眼睁睁地看着大火将自己的营地焚烧成烟……那情景令人心碎，又无可奈何。

唐忠良（贠亮所说被暴徒袭击营地后逃往荒山野岭的工人之一）：

我所在的工地是在贝达附近的一个叫斯蒂哈姆瑞的小镇，那儿临近地中海，2月的最低气温只有0℃左右。2月18日，正是中国农历元宵节刚过的第一天。那天下午，工地负责人特意通知工人们提前下班，回宿舍好好包顿饺子吃。傍晚时分，我刚吃完饺子，本想出去溜达溜达，忽然，听到营地有人大叫起来："带上铁锨、镐棒，到公司大院紧急集合！"

我和工友们不知道发生了什么事，赶紧一路小跑地来到公司大院。这时大伙才发现，我们的公司大院已经被利比亚当地的暴徒们冲击了，并且抢走了一些车辆和设备。"一会儿他们还会来的，大伙赶快拿起能够自卫的家伙，保护自己安全，保护公司财产！"工地领导紧急号召道。

很快，我和三百多名工友被编成 5 个工队，分别把守大院的前后大门和围墙 4 个方向。

再次前来袭击的暴徒们手持冲锋枪、土枪，气势汹汹地乱枪扫射，企图再度洗劫工地。我生来第一次见这等场景。躲已无屋，退更无路，工人们顽强地手持石块和棍棒，等歹徒往里冲，就用雨点般的石块予以回击。恼羞成怒的暴徒不再含糊了，"砰砰"几声枪响，几个工友应声受伤倒下。我们只得往后退让。最让我惊心的是，我躲在一辆车后面正准备用石块还击暴徒，突然车前面一声巨响，我被震出几米远……

从傍晚时分，一直到半夜，暴徒们好像要彻底洗劫我们的工地，虽遭工友们的全力反击，仍屡屡进犯。工地领导意识到这样下去，会造成我方重大伤亡，于是经请示上级，遂决定放弃公司，连夜紧急撤离。

可寒气逼人的深夜，四周荒山野岭，撤到何处呢？谁都没有头绪，大伙只好沿着山路漫无目的地向前走。也不知走了多远，借着月光，人们发现不远处的山头上有一间房子，原来是一处牛棚羊圈，屋里屋外全是牛羊的粪便。大家也顾不了那么多，先把几个重伤员抬进去安顿好，三百多名落魄的中国工人就在这牛棚羊圈里外作暂时的躲避。

稍稍安顿，我才发现自己的身子正在瑟瑟发抖，原来极少下雨的利比亚，竟然在这个冬季里下起了寒雨。我和工友们是在惊吓中逃出工地的，谁也没来得及穿上厚实的衣服。此刻，寒风吹来，我们才感到浑身刺骨的冷。

让伤员们和老同志进屋里暖暖，是大家一致的决定。

风雨交加、胆战心惊之夜，我和工友们相互照顾，终于苦挨到了天亮。

为防不测，现场的工地领导决定再次转移。几经周折，最后终于登上了上级派来的转运车辆，到了中水电在迈尔季市郊的另一个承包驻地，与这里的另外几百名同样被赶出工地营房的工人兄弟们会合，等待生死未卜的命运……

马可为（中国土木工程集团公司利比亚翻译）：

我们土木公司在利比亚有大工地19个，小工地也有二十几个，主要承接当地的铁路建设项目，大多在利比亚首都的黎波里以西沿地中海一带。我们项目总部在的黎波里。19日之前，也听外面传说到处在游行和打砸抢，虽然有些紧张，但似乎感觉不到会危及我们。可到了19日晚，当我清清楚楚地听到首都街头的枪响时，真的一下感到了紧张。这是我第一次听到枪声，那声音与鞭炮响不一样，叫人提心吊胆。最可怕的是20日后，当地的通信不畅了，只能靠网络，这让人心都揪紧了起来！22日晚上天刚黑，我们公司在扎维耶的工地打来电话，说他们的工地被暴徒洗劫一空，所有人员被赶出工地，六七十人想尽办法弄了两辆中巴车，正朝我们总部逃难过来。大约两个小时后，中巴车到了总部，车上下来的人个个灰头土脸，多数人双手空空，一无所有……有工人甚至哭着喊着："这咋办！""这让我们怎么活呀！"我们看着心酸，赶紧给他们作暂时的安置。还没有安排妥当，祖瓦拉工地传来更可怕的消息，说暴徒已经将我们工地团团包围，扬言不交出汽车和足够的现金，就要大开杀戒了！

"大使馆！大使馆！请求帮助。救救我们的工人……"于是我们赶紧向驻利比亚使馆求助。哪知，王大使那边则告诉了我们一件更紧急的事：的黎波里那所有名的伊斯兰学院里有我们几十位留学生，其中有十几位女学生。暴徒冲进学院后，不仅抢了我留学生们的财物，还企图向女学生们施暴。愤怒的中国男学生们拿起一切可以拿起的东西，挺身而出："你们抢我们的东西可以，但想凌辱我女同胞，决不行！"

中国男学生们与持枪的暴徒对峙起来，情况万分危急，大使希望我们派人前去支援，将学生们接到安全地方。于是我们又冒着枪林弹雨，赶紧行动……

高晓林（中水电顾问集团公司女职员）：

我们的工地在祖瓦拉，离突尼斯边境不太远，承包了利比亚一个 5000 套住宅项目。我们那里自 20 日至 22 日，连续三天遭到武装暴徒们的袭击。当地人有个习惯，白天天热，他们睡觉，一到晚上就出来活动，动乱时期的暴徒也是这种行动规律。

第一个晚上，6 名当地人驾驶车辆，横冲直撞而来。进工地后，他们踢开员工宿舍，用长刀和铁棒，强行威胁我方人员交出车辆钥匙，把我们用的手机、电脑、摄像机和现金等物品抢走。

第二天晚上，更多的暴徒冲进营地。那天我正在同 4 位女同事在屋里煮面条。由于我到利比亚时间最长，又因工作需要，经常在祖瓦拉市许多部门出现，当地人都认识我，暴徒们也知道我，所以那天他们直冲我而来。虽然公司给我配了保镖，但面对持枪的暴徒，保镖们根本挡不住。

暴徒们在门口叫嚷，要车钥匙。我一听，迅速抓起桌上的一把车钥匙从厕所的小窗口往外扔。暴徒们一进门，就用枪顶着我让我交出钥匙，我说没有。他们就拔出刀子，在我面前晃动，说不交就剀耳朵，并粗暴地朝我胸口猛击两拳，我眼前一黑，倒在地上。可暴徒们依然不依不饶，乱脚踩向我身上，见我不屈，又无计可施，最后见我脖子上挂着首饰，就抢了，并抢走了我没来得及藏好的现金，扬长而去。

22 日中午，暴徒们又来袭击。这时我们通过关系，寻求到部落武装——"青年委员会"来协助保护我们。但由于暴徒来的人数多，我们公司的全部人员只得撤出工地，成了战乱中一群无路可走的难民……

余连来（湖北某建设集团海外公司项目经理）：

2 月 20 日下午 4 点左右，我们所在的扎维耶市的事态进一步恶化。当地的警察局被烧，浓烟滚滚。我一再叮嘱公司的人不要出门，待在项目部内。

当晚 10 点半左右，七八个当地的彪形大汉手持 60 厘米长短的刀具，闯进我们的项目部。我赶紧让大家不要乱动。暴徒们用夹杂着英语的阿拉伯语向我们索要车钥匙，其实我们听得懂，但还是装糊涂。歹徒们用手比画着汽车钥匙点火的动作。我们仍然摇头。这帮家伙就在屋里砸了一通后退了出去。

这一次惊魂未定，我们马上采取措施，将女同志和可以转移的物品，放到自认为安全的地方。安顿好后，刚想躺下，突然宿舍门被"嘭"的一声撞开，这回是 3 个暴徒，举着 3 把刀，直奔我而来。他们把刀尖冷冷地顶在我胸前，口里嚷着"car（汽车）！car！"我摇头，回答："No！"其中一个家伙生气了，瞪着眼珠，朝我做了一个动作，用手在脖子上抹了一下。我也不知哪来的勇气,镇定地连声说:"No! No! Sleep(睡觉)!"这3个暴徒以为我真的没有车钥匙,只好出了屋子。

我起身往外一张望,见外面站着一群他们的人。随即见他们分成两拨,一拨抄我们的项目部办公室,一拨抢工人宿舍。这回他们是满载而归了——那些他们认为值钱的物品被席卷一空,一辆丰田汽车也被开走了。当时我很心疼,那可是几十万元哪!不过心里还在庆幸,因为真正最值钱的东西没有被暴徒发现……

哪知好景不长,又过了两个来小时,也就是21日的凌晨2点半左右,项目营地第3次遭袭。这回营地被停电,我们紧急启用了自己的发电设备。暴徒冲进后,开始对我们每个人进行搜身,这一下让我们的人愤怒了,有人情绪激动地欲反抗。我连忙暗示大家千万不能动手,否则后果不堪设想,现在是保命要紧,不要管歹徒们抢劫,这才没有冲突起来。可是我们先前藏起来的值钱物品,大半被发现并抢走了。

有的同志看到营地一片狼藉、公司项目部和个人财物被抢的现场,心痛地哭泣和愤怒起来。我劝大家说,那些东西抢就抢了,大伙的命最重要,我们自己不在乎,也得为国内的家人想一想,他们在等我们回家呢!

这样一来,大家的情绪暂时稳定了一些。可刚过了一个多小时,第4拨的抢劫者又袭击了我们的营地。他们更加疯狂,见没有大件物品可抢，就把我们营地里外倒了个底朝天，这回我们藏下的所有物品几乎全都被劫掠。最可恶的是，我们的个人文件如护照等也被毁了。

凌晨5点左右，第5拨暴徒又来袭击，惊恐了一夜的我们，完全失去了抵抗能力。3个工友被打伤，好在伤势不是太重。大伙真正感受到了什么叫悲惨，什么叫无奈，什么叫异国他乡的难民。这当口，除了活命外，我们最想的是家人和祖国……

"没有报来情况或失去联系的工地，更是不知其数。几万同胞正处在前所未有、十万火急的险情之中……"大使馆一份份电报向国内发送，成批成批的中国工地和我方人员还在不停地遭受更加危险的战火袭击。

怎么办？我们现在到底怎么办啊？工地没了，宿舍毁了，与家人断了联系，护照全都丢了，食物已经断绝，他们——利比亚人却还在相互猛烈地开枪开炮，甚至出动飞机轰炸……

难道我们就这样成了无依无靠的难民，死在异国、弃尸他乡了？

万里之外的同胞在等待，在哭泣，在乞求！

2月21日，在中国国内的各大媒体上，利比亚局势还只是国际版的零星话题。关于利比亚的一切，还没有大范围进入公众视野。普通中国人根本不知道在遥远的北非，有数万名中国人正面临着生死考验。这天晚上，外交部新闻司一等秘书王亚丽加完班回到家里，临睡前习惯性地刷新了一下微博。

忽然，一条发自利比亚的微博，带着醒目的感叹号，闯入了她的眼帘。"救救在利比亚的中国公民，我们很危险！"发微博的人叫徐峰（微博 ID@开心徐峰）。事后知道他是中铁十一局在利比亚的一名员工。在电话和手机信号中断、各方都联络不上的情况下，绝望的徐峰抱着抓住最后一根救命稻草的心情，在新浪微博上发出了这条求救信息。

这是发自利比亚的第一条中国公民求救微博。这也是微博在中国出现以来，首次与上千生命直接息息相关的一条微博。四个小时过去了，但这条注定会写入历史的微博，却无人问津。在每秒钟产生上万条消息的微博社区，一个普通人说了一句话，如同一页纸进入了图书馆，一枚针落入了太平洋。只有几十名粉丝的 @开心徐峰，传播力非常有限。

随着时间的推移，焦急地盯着屏幕的徐峰，心情在一点点地沉入谷底。忽然，他灵机一动，开始将这条消息抄送给许多微博"大佬"，想借助他们的影响力完成第二次传播，让更多的人知道。他抄送了"微博女王"@姚晨，地产商 @潘石屹等人。但微博上这一类消息很多，有时真假难辨，徐峰内心并不敢保证微博名人们会转发他的消息。令他没想到的是，23点36分，潘石屹转发了这条微博。并在转发理由中写道："不管是不是真的，救人要紧！"潘石屹在微博上影响力真是很大，短时间内就迅速被转发四千余次。

23点50分，王亚丽看到了由无数人接力转发出来的这条微博。她进入徐峰的页面，看到了更多更细更紧急的微博："利比亚中国公司告急，形势非常严峻，我们许多项目驻地被砸，通信中断，急需国内支援，潘总帮忙转下，帮忙联系下外交部，我们很危险，急急急！！！"

"紧急情况。一百多暴乱分子包围我们驻地了。急急急！"

相关微博被转发超过1.3万次。在这些微博下面的评论里，很多微博网友开始出主意。有的建议打外交部电话，有人准备通过私人关系找个外交官。有人干脆呼吁：外交部，我们的公民在国外被困了，你在哪里？

"我在这里！"这个午夜的微博社区，王亚丽的热血已经沸腾，她立即转发了徐峰的微博，并附加了简单评论："外交部的前来报到，正在了解情况……"

之后她又发一条微博："已联系外交部领事司领保中心。他们已知悉所有情况，据说预案已经出来了，大家不要着急，坚持住！"

看到这条微博，徐峰似乎心里踏实多了。指望国内马上来人飞到自己身边是不现实的，一时困难也可以想办法克服，重要的是要有希望。现在他和在利的几万同胞知道祖国一定会来救他们的！王亚丽则彻夜坐在客厅里抱着电脑，和微博社区的徐峰一直保持对话。

凌晨6点45分，徐峰发微博称："请大家放心，我们这现在人员安全，我要去守夜了，最新动态实时更新！"

22日上午，真的是在一夜之间，利比亚局势和中国公民的境况开始成为微博社区的焦点，更成为主流媒体的中心话题。

"不能在此等死！不能让暴徒任意抢劫和摧残我们的财产与生命！"中国人不是吃素的，虽然他们谁都没有经历过战争，但施工队伍中不乏军人出身的领导者和组织者，许多人曾经当过民兵，他们懂得起码的自卫和有效的防御。

你看——我驻祖瓦拉某工地上：

公司经理从附近的兄弟工地得知暴徒们连续袭击的消息，立即找来五十多位挖掘机师傅，说："强盗马上要来，你们给我用尽所有的本领，三小时内，在工地的四周挖出一条宽三五米、深三五米的壕沟！"

挖掘机师傅问，干啥用？经理说，防狗咬！保命用！师傅们顿时明白，一声"好嘞"，便立即发动起几十部大型挖掘机，前后左右、东南西北一齐挖，那情景好不壮观。与此同时，工地经理又组织其余人员将一切值钱的和有用的装备物资全部转移到挖掘机正在操作的中央地盘。

如此几小时下来，等到太阳从大沙漠落下时，一个用沙土垒起的庞大"城堡"崛起在工地上。果然，不出一小时，几群饿狼般的当地暴徒，驾着从另一个地方抢来的数辆汽车，从三个方向朝这边的工地袭来。等暴徒们抵达工地一看，当时就傻了眼，此地四周清一色的大深壕沟，人和车根本无法冲入其内。"妈的，走吧！到另外的地方去！"暴徒们愤怒地朝"城堡"内扫射了一阵枪子后，只得无功而返。

"壕沟战！嗨，壕沟战！我们是中国的建工队……"看到一群群暴徒悻悻地远离后，"城堡"内的中国工人情不自禁地边流泪，边用熟悉的《地道战》的腔调唱开了，那份胜利的自豪和心惊肉跳的经历，让工地上的几百名同胞悲喜交加。

这样的成功"战例"在东部迈尔季的中水电二局工地也用过，且非常有成效。这也使得中水电迈尔季营地能够完整保留下来，为在班加西地区的一万多名同胞提供撤离条件，立下了可歌可泣的功勋。

"撤！不惜一切代价撤出利比亚！"

22 日中午至 23 日早上，利比亚境内的多数中国公司和中方人员陆续接到这样一个振奋人心的消息。这是祖国向危难之中的同胞发出的声音。它通过各个途径传递到了利比亚每一个有中国人的地方……

还是中土公司利比亚项目总部的年轻翻译马可为，他说：我们的陈志杰总经理参加完张德江主持的应急指挥部会议后，便与公司财务主管坐土耳其航班，辗转抵达的黎波里。当他们带着祖国的决定回到公司营地时，我握着他们的手，只说了"你们总算来了"这句话，就忍不住泪水横流。

"哭什么？赶快组织我们的人，准备撤回祖国！"总经理陈志杰朝这位小伙子吼了一声，其实他自己也满脸泪水。

撤！不惜一切代价！

眼泪救不了命。困守于战乱之中的人，面对枪林弹雨，再硬的骨头和肉体，都好像风中的鸿毛。在万里之外的异国他乡，一旦沦为战争难民，生命甚至比鸿毛还轻、还不起眼。

几万同胞和几万同胞身后几十万的家属和亲人们在焦虑，在忧心，在祈求谁来拯救他们和他们亲人的生命！

我赴利人员，他们是带着自己和家人的希望远涉重洋去海外工作的；我在利的工程建设公司，他们有的是在那里投资，有的是在那里承包活儿，他们是带着设备、带着资金去的……现在，他们要撤离，所有的希望、物资与投入，都将化为泡影。

是个人，可以舍去一切，只求平安活命而归；是单位，需要作出决定，放弃就意味着血本无归……谁来决定这天大的事？

国家！只能是我们的国家！

"王大使，中央已经决定，尽全力撤离我在利比亚工作人员！请迅速摸清在利比亚人员情况及他们的方位，组织各种力量准备撤离……"

黄屏和郭少春他们在 2 月 22 日的国务院应急会议一结束，就在第一时间，向我驻利大使发出十万火急的通知。此刻在利比亚境内，卡扎菲已经发出狠话，要派军队去班加西炸平那里的"叛徒的指挥所"，并且对首都的黎波里出现的"叛徒"也决不手软。半岛电视台记者声称，忠于卡扎菲的狙击手，一天就在的黎波里射杀 65 人，政府的一栋中央大楼被焚烧。反对派则声称，他们不仅完全控制了班加西，而且也掌握了米苏拉塔、艾季达比亚、胡姆斯、塞卜拉泰、祖瓦拉等海岸线上的重要城市，而且还占领了胡恩、沃丹等内陆重镇。

此刻，外交部从另外渠道获悉，欧盟诸国已经开始实施撤侨行动，他们要在利比亚撤离侨民一万五千多人。"再不抓紧，利比亚政府有可能关闭港口和海关，其后果将不堪设想！"从外长杨洁篪，到领事司的黄屏、郭少春他们这些大大小小的外交官们立刻敏感地意识到，如果出现这种情况，那将意味着我们的几万同胞成了利比亚内战的人质！

"这是中央领导和我们最担心的事，必须赶在这种情况出现之前完成我们的撤离任务。"杨洁篪外长在接受我采访时说。

"不惜一切代价，赶在最严重的事态发生之前，进行我们的撤离行动！"

熟谙国际事务的外交部理应担此重任！可一个"撤"字，谈何容易！

几万人，到底要派多少架飞机？200架，还是300架？这么多的飞机一下就能从国内抽出来？即使抽得出来，就能一下飞到途经好几个国家的利比亚？再说，那边的机场、海关都已瘫痪，怎么飞得进去呀？

飞机不行，靠双脚跑出来？往哪儿跑？利比亚一面临海，三面是沙漠，在地中海的南岸，距对岸的欧洲大陆快速轮船要开十几个小时，跳海必定是死；另三个方向皆是大沙漠，白天温度高达五六十摄氏度，夜间零度以下，走进去同样必定是死。

真的都是死路一条？

不，过海可以用船；

不，走沙漠可以坐车子甚至骆驼；

不，空中飞机还是要用的，即使海关没了、机场封了，只要跑道还在，就有办法。经中央军委主席胡锦涛批准，中国人民解放军随时可以出动军机参与撤离！

海、陆、空……一切可以用的手段，全都可以动用！

此刻的宋涛副部长凝视着西亚北非地图，陷入了深深的思考。忽地，宋涛眼睛一亮，他想起了地中海一带流传着诺亚方舟的故事……

利比亚地处非洲北部，整个国家最重要的城市几乎都在北部的锡德拉湾海岸线上，中国承包的工程和劳务人员约有3/5都聚集在靠近北海岸线一带的城镇里。如派出几艘大船，每艘船接走2000人，那么只要它们驶离利比亚海岸，就可以保证他们脱离险境。从直线距离看，与之相邻的希腊克里特岛和马耳他离利比亚仅有360海里和150海里，走海路，把他们尽快运送到安全地区，是撤离大批人员的最佳选择。

"这不是我们撤侨所要找的诺亚方舟吗？"宋涛内心一阵激动，赶忙俯下身子，开始不停地用尺子在地图上测量着各点之间的距离，又找来领保中心的同志在地图上标注中方人员的具体位置，并向海洋专家请教从海路撤离的可行性。

经过周密测算，宋涛心中有了把握，他及时向杨外长和张志军作汇报并经同意后，又要求黄屏、郭少春和唐立迅速联络驻希腊和马耳他使馆，立即制订打通海上生命通道的具体方案，提请中央决策。

从海上撤，可船从哪里来，从国内派还是租外轮？邻近国家能否接受我撤离人员入境休整中转？更为关键的是，船只能不能到达相关的利比亚港口，靠得了岸，载得上人？这是中南海、外交部和13亿中国人民当时最为关注的一个方面。

船，可以租借，租借外国人的船，还可动用我们自己的船。宋涛想到这里，一个电话打到国资委。

"国资委，可以动用我们在海外的船只参与利比亚撤侨吗？"

"可以。要渔船还是要万吨巨轮？"国资委的负责人说。

"渔船？渔船到得了地中海？得多长时间呀？"

"这倒是。那就调其他船去吧！要多少？"

"嗯，先去班加西或者的黎波里港，有十条八条都行！"

"好的，我们马上通知有关公司……"

国资委负责人马上通知中远集团、中海运集团公司，命令他们马上调距利比亚最近的船只，前去完成撤侨任务！

中远、中海运集团公司接到十万火急的命令，刻不容缓，立刻通知：

"新秦皇岛"轮、"新福州"轮、"天杨峰"轮改变航向，全速前进，去利比亚参与撤侨任务！

"明白！改变航向，全速前进！目标：利比亚！"

"驻希腊、马耳他使馆，请你们马上勘察和摸清是否可以接收从利比亚撤出的一万至一万五千名左右的同胞到你们那儿，关键是看看能不能租到船，安排我方人员进行中转……"宋涛拨通了中国驻希腊大使罗林泉、驻马耳他大使张克远的电话，向他们下达了命令。

"是，我们马上行动。"中国大使馆立即展开工作。

之所以选择希腊和马耳他，不仅因为这两个国家与利比亚隔岸较近，而且他们还是欧盟各国中与中国关系相当亲近的友邦。尤其是希腊，曾于1997年、2006年两次出动军舰协助中国从阿尔巴尼亚和黎巴嫩撤离人员，中国国务院总理温家宝和副总理张德江也于2010年希腊债务危机最严峻的时刻访问雅典，为艰难时刻的希腊人民提供了宝贵支持。事后证明，这个决策英明又正确。

驻马耳他大使张克远：

别看马耳他只有316平方公里的面积、42万人口，是欧盟最小的国家，可它却是地中海上的一块宝石。从地图上看，马耳他距利比亚最近，只有150海里。

21日，我接到杨外长的电话，他问我能不能参与撤侨工作。

我当即回答，没问题。我们事先已经知道利比亚的情况乱得很，心理上有一定准备。杨外长一问，就主动请战了。当晚，我给马耳他外交部的常务秘书打电话，通报了中方的请求，问马耳他政府能不能帮助我们撤侨。当时对方有些犹豫地说：你得答应我两个条件，一是你们的人都得持有效证件，二是必须提前办签证。

我一听就叫了起来：肯定不可能！尊敬的常务秘书先生（对方相当于副外长），我们的同胞都是从战乱的利比亚撤出来的，他们身上的证件都被暴徒抢走了，利比亚政府已经瘫痪，什么都做不了。第一条根本就是不可能的！第二条也不现实，我们是紧急撤侨，几千人上万人一下子过来，哪来得及到贵国提前办签证！

一听我这话，对方沉默了，后来又说：我们有几十个人在利比亚，是使馆人员，你们能不能帮我们带回马耳他？我立即回答，没问题。对方口气稍稍变了一下，又说：大使先生，你知道，我们是欧盟国家，对外来的公民要求非常严，你们一下子来那么多无证人员，这对我们国家压力太大。如果我们放松了对你们公民入境的条件，欧盟其他国家也不会轻饶了我们。

这位常务秘书说的是实情。欧盟国家非常害怕难民非法入境，不少政府因为非法移民问题，被本国民众搞得焦头烂额。但为了同胞的生命和安全，我们必须获得对方的支持，否则就没法完成好祖国交给的使命。

　　我向对方保证，只要同意我们过境，我们保证团进团出，就是整团入境整团出境，决不给马耳他政府找麻烦。我以中国政府的名义一再向他保证，我们中国是讲信誉的，决不会出任何问题。这个时候，我真正感觉到了国家的分量，也感觉到当中华人民共和国驻马耳他特命全权大使的分量。

　　那好吧，你等我消息。对方终于松口了。

　　大约过了三十分钟，马耳他外交部常务秘书回电话，说他们总理指令："全力以赴支持和帮助中国撤侨！"

　　我听了，连声表示感谢。那一刻我发现自己的嗓子有些哽咽。我知道，马耳他政府作出这一决定很不容易，证明我们中马两国关系"够哥们儿"！我当即把这一情况向国内作了汇报，这也给中央决定把马耳他作为重要的撤侨中转地提供了决策依据。

　　张克远大使和同事们在马耳他的故事才刚刚开始。

　　希腊这边的工作也不轻松。

驻希腊大使罗林泉：

　　我第一次接到国内准备撤侨的通知是 21 日下午 5 点 20 分，北京时间应是 21 日晚 23 点 20 分。现在知道，当时我们部里的同志正在为第二天的中央决策撤侨会议做准备。

当时交代给我们使馆的任务是弄清楚 3 个问题：租邮轮需要多少费用？中国公民如果没有护照等通关手续能不能进希腊克里特岛？那里的饭店能不能住得下一万至一万五千人？我一看这 3 个问题都至关重要，也非常难办！

领事司领保中心的同志这样对我说："给你五个小时，必须把上面的 3 件事弄明白，在北京时间 22 日早上 5 点前报告国内！"我一算，我们只有五个小时四十分钟把上面三件事搞定。我当时并不知道国内指令的这个时间点极为重要，杨外长他们要带着我们发回的情报上报中南海，以便国家决策会议使用。

国与国之间的关系、人员的来往，就靠证件，西方国家和欧盟过去一直对贫穷落后国家的人员很苛刻，进出是最为严格的，怕有非法移民。现在我们有一万多无证人员要进入希腊，他们自然很紧张。希腊是个小国家，这些年由于经济不景气，国内经常闹事。我们撤侨的时候，正赶上非法移民在首都雅典广场上闹事，已经持续十几天。整个欧盟都在关注希腊非法移民问题，我们提出的要求，等于是给希腊政府火上浇油！

我知道这是件难事。解决不好的话，撤侨计划就无法落实！但作为国家的驻外使馆，在国家和人民需要的时候，必须知难而上，为祖国分忧解愁。我和使馆的同志立即行动起来。偏偏时间不对头，接到国内电话的时候，希腊各个工作部门早已下班了。

西方人有个习惯，别在他们下班后谈公事，否则他们会认为侵犯了他们的自由和人权。

当时已经顾不上这些了，必须尽快落实国内的指示，把3件事弄清楚，重中之重是获得希腊政府对我撤侨公民落地的政治许可。我立即召集使馆党委会，大家分析认为，这件事必须盯死。一旦我们提出相关请求，希腊政府拒绝怎么办？他们拒绝就意味着我们的撤侨计划断了希腊这一条要道。决不能出现这种情况！

我决定亲自找希腊政府的要员谈。当地时间5点35分左右，我给希腊总理的外办主任打手机，他是我关系不错的一位希腊朋友。我就任驻希腊大使后，就注意跟希腊各界建立良好关系，包括在野党。当时的希腊总理帕潘德里欧，在他还是在野党党魁时，我就曾多次拜会过他，并建立了良好关系。帕潘德里欧家族出了一位首相、两位总理，三代人都致力于推动希中友好。

"大使先生，你能不能过两个小时再来电话？我现在正和总理先生在德国访问，他马上要有两个小时的讲演……"希腊总理外办主任急促轻声地说。

我想，夜长梦多，一拖就可能会坏事。若是等希腊总理讲演结束后再回话，情况不知会发生什么变化。我赶紧说："不行啊，主任先生，我们的政府正在等着贵国总理的回话！"

对方一听我这么着急，便说："那你等一会儿，我马上去请示总理阁下。"不一会儿，对方打来电话说：总理阁下已经同意贵国政府的请求，同时让政府的几个部长协助办理此事。他告诉我马上去找他们的外交部秘书长。

"真是太感谢了！"我激动地说。

刻不容缓，我立刻给希腊外交部打电话。秘书长请我马上发一份外交照会过去。按照惯例，这是国与国之间交往必需的手续。

我立即以驻希腊特命全权大使的名义起草了一份照会，请求希腊政府许可中国 1.3 万名撤侨公民进入克里特岛。我在照会中代表中华人民共和国政府向希腊政府庄重承诺：所有过境的中国公民将全部返回中国。以此解除希腊方面的顾虑。照会发出二十分钟左右，希腊外交部回话，同意我们的请求！

"太好啦！""太好啦！"我和使馆同志一听这消息，激动得跳了起来。办成这事太不容易了！希腊政府太给中国面子了！

外交部交办的另外两件事也弄清楚了。因侨民要过境克里特岛，详细了解此岛方方面面的情况尤其重要。克里特岛风景美丽，也是希腊著名的旅游胜地。当时正值旅游淡季，许多饭店已经关门，员工也放假了。

我们通过关系找到希腊有关部门，他们觉得困难很大。兵马未动粮草先行，使馆党委立即决定，派武官李杰大校当晚即赴克岛，启动安保、后勤保障等各项准备工作。李杰武官精明强悍，他和他的妻子，也是紧急从邻近使馆调来的赵丽莹参赞能够说一口顶呱呱的希腊语，曾在希腊常驻多年，拥有深厚人脉，关键时刻派上了大用场。加上希腊国家旅游管理部门和克岛政府方面劝说，岛上的经营者重新营业了。在中希双方的努力下，素以"慢速度""慢节奏"著称的希腊，以不可思议的速度，在二十四小时内为中国人准备好了6000个床位！

这又是一个鼓舞人心的消息。我们迅速将掌握的情况在北京时间22日5点前报给了国内。当我听到外交部党委书记张志军表扬我们使馆"十分给力"时，真是感慨万千。

"可以向希腊方面撤1.3万人。"

"马耳他方面能接受5000人中转过境。"

外交部在22日8点的国务院应急会议上明确向中央这样报告，前方大使馆功不可没，对国家撤侨计划实施起到了关键性的作用。

驻希腊使馆政务参赞郑曦原：

按照使馆分工，我负责租船任务。使馆会议还没结束，我便带着使馆领事部主任陈夏兴、办公室的老李和商务处老窦，通过与当地"船王"的关系，找到希腊阿纳克船运公司。到那儿一看，已经有不少国家的人都在那儿等着租船。怎么办？租不到船，前方撤侨不等于空话一句吗？当时我们很着急，一次次通过"船王"去跟船运公司的老板联系。这个时候，部领导在北京又紧急约见了希腊方面的有关官员，希望希方给予宝贵协助。希中友协主席波塔米亚斯先生也给我打来电话，说已经有好几位船主赶到了他的办公室，愿意租船给中国朋友。但他们的船比较小，一次只能运五百至八百人，需要组织成混编船队开赴利比亚。这时，我们多管齐下。船运公司老板雅尼斯单独约我们进了他的办公室，他说：你们中国是我们希腊的好朋友，我首先满足你们的需要。你们也别再租其他公司的船了，他们的船小，比不上我们能够大批次地把人抢运出来。我们一听很高兴，就提出租最大、最好、最快的船。

船运公司老板脸上又显得很为难的样子。我赶紧说，价钱不成问题！他摇头说：你们租我的船，是从正常的商务旅游航线上调过来的。按规定，一艘大型邮轮改变航向，需要两天时间的准备。我们的船没跑过利比亚，需要研究海图，而且是进入战区，保险公司不愿意为我们承保战争保险。我至少需要两三天时间来处理这堆问题。

国内这时传来消息，说我们在联合国的斗争十分尖锐，西方要求立即建立禁飞区，而且要派联合舰队开赴利比亚战区，我们的代表顶得很艰苦。国内要求我们不惜一切代价，以最快速度打通海上生命通道。我对雅尼斯说：真的不行，我们等不起了！今天你们必须出发。他马上回答说，那是不可能的事。我说：亲爱的朋友，不是我逼你们，而是利比亚在打仗，我们的同胞每一分钟都处在生命危急的处境中。哪怕晚上一个小时，就可能有几十、几百甚至几千人丢了性命。

那位老板总算被我们说动了，但嘴里还在嘀咕，利比亚现在是战争状态，我的船和船员到那里去，若是发生危险，保险公司不会支付保险费的。我一听这可是大麻烦了！这完全超出了刚才我所说的"价钱不成问题"的范畴。

仔细想想，人家为难也是有道理的，赚钱当然是重要，朋友友情也很重要，但一条豪华邮轮真要被炮弹或是别的什么弄沉了，那可不是几十万、几百万的事情了，再说人家船员的生命也是宝贵的。

正当我们踌躇时，雅尼斯接到了好几个电话，他突然很爽快地说：就按照你们的要求，今晚就出发！当时我真想上前热烈地拥抱他一下。事不宜迟，我马上让身边的陈夏兴来签这份合同。老陈瞪着眼珠吃惊地看着我问：你为什么不签？

我把他拉到一边咬耳朵：你还有一百来天就退休了，怕啥？老陈涨红了脸，骂了一声：你这小子，真狡猾啊！

我和一旁的老窦、老李窃窃偷笑，因为老陈在跟船运老板签那份租赁协议时，手都在抖……

采访时陈夏兴说：郑参赞让我签合同，我就签了。当时我觉得自己太了不起了，"陈夏兴"这三个字，值好大一笔钱啊！

采访陈夏兴时，郑曦原在场，他一直在旁边偷笑。等老陈走后，郑曦原说：老陈后来逢人便吹，说这是他一生中最牛的一件事。确实，当时我们一共向希腊方面租了3条船，预计各两个航程，如此算来，花费不小。当时我们什么都没有带，只是凭着我们是中华人民共和国驻希腊大使馆的外交官的身份，那份协议可谓是一份空头支票。然而希腊朋友就是信任我们，在危难时刻伸出了极其珍贵的友谊之手。让我每每想起，总会感叹，希腊政府和希腊人民对我们太好了！另一方面，我又感叹，我们国家强大了，几十年来与包括希腊在内的世界许多国家建立起的交情和友谊太重要了！危难之时见真情，难道这还不是活生生的见证吗？

驻希腊使馆出色地完成了租船任务，他们一共租用了3艘大型邮轮，分别是"奥林匹克冠军号""希腊精神号"和"韦尼泽洛斯号"。这3艘邮轮都是豪华旅游船只，设施齐备，舒适宽敞。尽管租金不菲，可从另一个角度来看，这反映了国家的经济实力和中国政府执政为民的理念。为了自己的人民，我们可以不惜一切代价！

国　家　57

相比驻希腊使馆，我驻马耳他使馆租船遇到的困难就多了不少。首先马耳他是个小得不能再小的岛国，在大比例尺的世界地图上都找不到这个国家。即使是在地中海的区域地图上，要想找到马耳他这个号称"地中海心脏"的国家的确切地理位置也并非易如反掌。马耳他与意大利的西西里岛紧挨着，从地图上看，西西里岛也比马耳他大出上百倍。虽然是在海里漂着的"心脏"，但因面积特别小，马耳他本身没有足够的船运工具，但有不少船运租赁代理公司。

驻马耳他大使张克远：

我们接到国内的命令后，同样在第一时间立即着手联系租船，那时欧盟许多国家也已启动了撤侨任务，加上一般公司不愿冒风险，租船特别困难。我们好不容易从意大利租到了2艘，又请驻希腊使馆的罗林泉大使帮着租了1艘，这样我们马耳他方面接侨任务就有了一定保障。

船有了，马上碰到了一个问题：派谁随船去接侨？马耳他国家小，我们的使馆也是属于"微型使馆"，只有十来人编制，加上家属等临时人员也就二十来个人。即将从利比亚撤出的同胞有好几千人，要想做好接待工作必须留足人员，否则会出乱子。我和使馆党委另外两位同志商量，一位是政务参赞，一位是商务参赞。

那就我去吧！商务参赞刘美崑同志主动请缨。老刘五十九岁，有高血压。我很担心他身体能否吃得消。他说：我们要接的多数人是中资公司的劳务人员，我这个商务参赞去是最合适的。

刘美崑同志主动担当的精神让我们很受感动和鼓舞。根据国内指示，每条船上必须有两名中方人员负责接侨任务。派谁当老刘的助手呢？实在抽不出其他有经验的人，就说：老刘，还是给你派个年轻人吧！老刘说：行啊，派谁都行。

李昊是国内刚刚派到我使馆来的一名大学生，二十五岁，第一次出国工作，这会儿连时差都还没倒过来。我问他：你能不能去执行任务？李昊说：没问题！我重重地拍了拍他的肩头说：你跟着刘参赞走吧。

老刘和李昊当即飞到罗马，在我驻意大利使馆同志的帮助下，乘车一百多公里火速赶到港口，搭船出发。驻希腊使馆帮着租赁的邮轮也整装待发，他们派出武官秘书饱晨随船而行……

地中海里，此刻已有6艘租来的邮轮分别于当地时间22日晚和23日先后向战火纷飞的利比亚港口驶去。

随船而行的几位外交官，都是第一次坐船走海路。执行这项任务极其危险，希腊使馆的陈夏兴和驻马耳他使馆的刘美崑年近六十，马上就要退休了，可他们自告奋勇，迎难而上。他们虽年龄相仿，在奔赴利比亚途中经历却大不一样。

陈夏兴接受采访时笑着说：从希腊的帕特雷港出发后，我的运气不错。刚出港时地中海风平浪静，但后来起了大风，我们走了十四个小时就抵达利比亚。体会最深的是，我和小张都是第一次乘坐豪华邮轮，我们乘坐的"希腊精神号"平时可以搭乘两千多名游客，你能想象有多大！这回船上除了船员就只有我们两个中国人，船老大把最豪华的房间让我们住。但那个时候我们没心思享受这一切，心里想的是战乱之中身处险境的几万同胞……有一点我必须强调说明：谁听说过哪个国家的政府像我们中国政府一样不惜代价，租这么豪华的国际大邮轮去接自己的普通公民、百姓民工？绝对没有！西方的富国不会这样做，世界上的穷国想这么做可也做不起。只有我们中国这么做！

另一位老外交官刘美崑上船后的运气就比老陈差远了去了。妖一样的地中海，平时人们说它"妖"，是赞美它四季变幻如妖的风光，然而现在老刘感受地中海的"妖"，是它的妖孽。邮轮从意大利出发后就遇上了地中海少有的飓风。那风大得出奇，老刘他们住的房间里所有没固定住的东西，全都甩在舱板上，人就像在摇篮里翻跟头。老刘以前坐过邮轮，却没受过如此严重的折腾，五脏六腑像是全都挪了位，苦不堪言。小李是第一次坐船走海路，上船不到一个小时，吐得苦胆汁都要出来了，船老大看着都心疼。

小李没有丝毫委屈和半点怨言，总是问：班加西到了没有？他心里牵挂的是炮火中同胞的生命安全。

一路颠簸，在地中海走了大约二十八个小时才到了利比亚的海域……

自22日中央下达撤离命令后，22日晚至23日、24日，地中海海域上，参与中国撤侨行动的大小船只已达十余艘。它们从不同地方出发，正全速向利比亚方向前进。

这些船只分别是：由我驻希腊使馆指挥的3艘希腊籍大型豪华邮轮，由我驻马耳他使馆指挥的3艘型号与国籍各不相同的邮轮，由国资委派出和指挥的"天杨峰"轮、"新秦皇岛"轮和"新福州"轮等，加上中远集团公司的几艘货轮。

此外，还有让世界高度关注的中国海军导弹护卫舰——"徐州"舰，也正在从4000海里之外的亚丁湾向地中海方向全速驶来……

"中国政府已经摆开空前的撤侨阵势，尤其是首次出动军舰加入这次行动，使得在近三十年间迅速崛起的这个社会主义东方大国，在自己的人民面前再次显示其爱民为民的执政理念。同时可以看出，中国显然也想借机在世界面前展示一下他们的军事能力。"欧美各国媒体纷纷对此发表评论。

"军委！军委！"

"总参！总参！"

"海军！海军！"

人民解放军的将校军官，此时此刻正在军委和总参谋部首长的亲自指挥下，一方面每时每刻与各军兵种和上级机关密切联系，另一方面与外交部和有关部门紧急协调，研究我军事力量在海外实施武装撤侨行动的国际法和国际实践依据。

中国的宪法和中国历来遵循的国际准则是，我们的军队及其他武装力量决不侵犯和进入他国一寸土地与领空和领海，除了按照联合国相关决议所履行的国际维和与打击海盗、国与国之间的联合军演等特定事务外。这也使得中国的正义立场和国际威信受到广泛好评。然而现在不一样了，假如利比亚撤侨没有军事力量的介入，我们几万同胞的生命安全如何能得到保障？利比亚与中国相距万里，用飞机直线飞行至少也要途经十多个国家和它们的领空，谁为我们的军事力量开大门、敞屋顶？

黄屏、郭少春他们的领事司和领保中心代表外交部为国家应急指挥部草拟的撤侨方案中已经将军事力量介入措施列入其中。张德江、戴秉国心中装着这样的预案打算。于是国防部、司法部，甚至外交学院、中国政法大学等部门和机构、院校也在高速运转中将相关信息和法律解释汇总到外交部……

"出于人道主义干预，国外武装力量参与撤侨行动已有诸多先例。我军此番参与利比亚撤侨行动理当可以！"从 22 日开始，外交部大楼里灯光彻夜通明的不仅仅是领事司、亚非司、新闻司、办公厅……条法司的专家们同样没有丝毫的喘息时间。整个撤离涉及的国际法律问题有成百上千条，而每一项、每一个看似简单的行动，比如与外国公司租一条船、一张外交官签出的单子、使馆打出的一个电话承诺，都必须有国际法依据，更何况现在我们要运用军事力量撤侨。这是在我们国土之外的行动，这是在几十个不同地区、不同民族、不同政治背景和国体间的国际行动，假如法律不通，没有国际公认的依据，要想万里之外救人，那真的比登天还难，难千万倍！登天我们可以用属于自己的领空，然而出境救侨若没途经国的同意，关卡过不了，天空飞不了，海自然也不能行！那才叫寸步难行。

领空权、领海权与领土权一样，事关一个国家的主权和尊严，处理起来要格外小心慎重。能依法行事，就能得到理解和同情。国与国之间的关系十分微妙，是国际关系中最复杂、最敏感的。在外交工作中我们可以看到那些惊天动地的冲突与战争，而更多的微妙而复杂的国际交往，则不为众人所知。高超的外交艺术和非凡能力，是外交官解决复杂多变问题的钥匙。

"撤侨行动，其实也是一场国际法律战！"

外交部条法司的人说到了点子上，他们和诸多参与这场国际法律战的专家们，是中国整个撤侨战役中的一支无名英雄队伍，同样功不可没。

这里不能不提到一个叫王毅的小伙子，他是外交部亚非司利比亚处的副处长。从2月19日凌晨起，王毅负责与驻利比亚使馆和领事司、政策司、欧洲司等各个方面保持热线沟通，每天二十四小时都要随时掌握和报告事态的最新发展。他全身心地投入到了超高强度的工作中，办公桌上的电话此起彼伏，桌边的行军床乱成一团，没有吃完的方便面还向外散发着防腐剂特有的气味……

23日凌晨，连续四天四夜没打过瞌睡的王毅，感到胸部发闷，而就在这时，三岁女儿在电话里用稚嫩的声音哭着问："爸爸，我发烧好几天了，你怎么还不回来呀？""爸爸在帮好多叔叔阿姨撤退，他们现在可危险了，他们的小女儿也和你一样在家里盼爸爸妈妈回家呢。小乖乖，等爸爸忙完这段，就回家陪你啊……"

王毅放下电话的那一刻，身子也软了下来。"快，快叫救护车！"同在加班的陈晓东司长见状不妙，大喊起来。

王毅住院刚好一点又重新回到了战斗岗位。其实，在大撤侨行动拉开战幕之后，像王毅这样不顾自己生命安危，全身心投入工作的何止他一人。前方的战斗波澜壮阔，激烈异常，我们只能把目光和焦点投向那里——

寻找陆路

不用修饰，像利比亚战事引发的大撤离，对普通人来说，就是两个字："逃命"。

生命，对人而言高于一切。当生命受到威胁时，逃命是本能的反应，是最现实的。哪个地方安全，哪条路最近，用什么办法能逃离战争带来的威胁，是人们最先考虑的。

张德江和戴秉国等领导曾在 22 日的国家撤侨应急会议上明确提出，应最优先考虑选择最近、最快的撤离路线。

"除了海路，与利比亚接壤的有 6 个国家：东边的埃及，南边的尼日尔、乍得和东南方向的苏丹，还有西边的阿尔及利亚和西北方向的突尼斯。"

"西边和正南方向的邻国去不了，那里都是荒无人烟的大沙漠，路途遥远，条件恶劣，不予考虑。"

"首选埃及和苏丹，这两个国家跟我们关系很铁。再说，班加西到埃及边境最近，直线距离约 300 公里。"

"好，300 公里用车运送的话，一天就能解决。这条路线应当成为我们撤侨的主要陆路线。马上与驻埃及使馆联系，让他们全力打通这条路线！唐立，赶快跟驻埃及使馆联系，我要跟宋大使通话。"黄屏命令唐立。

"驻埃及使馆吗？我找宋大使……"唐立操起外交部专线电话，几秒钟内就与远在开罗的中国驻埃及使馆联系上。唐立是领保中心主持常务工作的副主任，此时此刻，他已经顾不上即将临盆的妻子了。

"宋大使吗？我是领事司的黄屏。埃及离利比亚的班加西最近，打通埃利边境路线对于整场撤离行动意义重大，你们那边的进展如何？"

"好，我报告一下，情况是这样的……"宋大使一生下来，他的父母就希望其成为一名爱国者，所以起的名字叫爱国。这位江苏籍人士，1979 年大学一毕业就到外交部工作，在其后的三十多年工作中，有一半时间在亚非司的岗位上，另一半时间都在驻外使馆工作。2010 年 10 月，他从亚非司司长的岗位上被调任到驻埃及使馆当大使。他刚刚上任，埃及便开始了政治动荡，仅十八天时间，中东铁腕人物穆巴拉克总统下台。埃及在中东和阿拉伯国家中起着领袖作用，这里的动荡影响到非洲和阿拉伯世界的发展和稳定。宋爱国是中东问题研究专家，他敏锐地意识到，埃及的动荡会给周边地区乃至整个阿拉伯世界带来多米诺骨牌效应，须及早应对。2011 年 2 月 11 日，当穆巴拉克总统宣布下台之后，宋爱国立即着手研究埃及新形势和周边国家的事态发展趋势。

驻埃及大使宋爱国（越洋采访）：

我记得利比亚国内刚刚有骚乱迹象时，我就和使馆二把手李连和一起研究利比亚的局势。他曾在驻利比亚使馆当参赞，熟悉那边的情况。我们当时主要讨论的问题是，一旦利比亚出现像埃及一样的动荡，我们驻埃及使馆所要做的事是什么。根据埃及动荡引发的种种情况，我们认为首要考虑的是如何保证我国侨胞的安全，是否撤侨尤为关键。埃及动荡时，国内派了 8 架飞机，共撤了一千八百多名同胞。那一场撤侨行动也有惊心动魄的事。我们把人集中到车上，再往开罗机场走，虽然只有一个多小时的路程，但路经的地方是一片混乱。我们撤侨的车队由全副武装的埃及军方架着机枪给我们开路，国内来的工作组和使馆的同事们，哪个见过这阵势！

尽管越洋电话里看不到宋大使的表情，但通过他的叙述，撤侨的困难依然令我感同身受，荷枪实弹的紧张场景历历在目。利比亚撤侨所面临的问题会比埃及撤侨复杂困难很多倍，因为埃及局势的突变是以和平抗议形式进行的，而利比亚政府和反政府力量一开始就陷入了军事武装冲突之中，执政者和反对派扬言要毫不留情地把对方置于死地。战争的炮火与枪弹是不长眼的，不管是敌我双方，还是毫不相干的外国人，谁碰着谁就倒霉。这是你死我活的残酷斗争，从头到尾都充满了血腥和暴力。包括中国政府在内的诸多国家政府都看清了这一点，都在为自己国家的公民担忧。

命悬一线、生死存亡之际，时间将决定一切，每抢先一分钟，同胞们的生命将多一分保障。宋爱国等人分析认为，利比亚一旦出事，埃及必将成为我国政府首选的撤侨中转地，他们当机立断，于2月19日和20日，派出一位参赞和领事部主任前往利比亚了解当地的局势。

宋爱国说，他们走的是陆路，除了解利比亚局势外，同时也是一次实地探察。当他们马不停蹄来到埃利边境小镇萨卢姆时，一看那里已经聚集了几万人，场面非常混乱。萨卢姆到利比亚边境只有几里路，能清楚地看到那边的情况。他们向我汇报边境的情况时，外交部正好打来电话，命令我派人火速去利比亚了解情况。部里同志一听我使馆人员已经到埃及与利比亚边境时，很兴奋，命令我们争取时间、创造条件，全力开辟埃利边境撤侨通道。

据宋大使所知，国内最早考虑从埃及边境撤离一两万同胞，可利比亚的局势变化得太快了，让人措手不及。当时，卡扎菲当局把以班加西为中心的东部作为它的"死敌"，屡屡进行军事围剿，给整个撤侨行动带来极大的风险。

驻埃及使馆审时度势，用他们自己的话说，是他们"打响了撤侨的第一枪"。

早在班加西的枪声响起时，各国侨民都在寻找逃亡之路。身处利比亚东部各地的我国承包工程的人员，自然也有人加入了逃亡队伍。利比亚东部港口城市图卜鲁格距埃及边境150公里，中建技术公司的员工一行83人，聪明而机智地迅速随浩浩荡荡的埃及劳务人员向埃及边境的萨卢姆撤离。

"大使啊，这边情况相当严重。从利比亚那边逃过来的同胞越来越多，光靠我俩无法保证他们能顺利过关。"

宋大使接到求援电话后，感到事态严重。"我去吧。"使馆二把手李连和熟悉利比亚的情况，主动请战。

"好，你再带9个人马上出发！"

宋大使派出第二批赴萨卢姆的工作人员后，遵照国内的指令，立即着手联系开罗和亚历山大的旅行社。

"你们能有多少车？当然是越大越好！"

"有100辆？太好了！如果别的公司还有，请你帮助我们再租它几十辆！"

最后宋大使共向埃及旅行社租下 150 辆大巴车。150 辆大客车一起走，浩浩荡荡，车队得排多长啊。不光埃及人惊叹不已，就连驻埃及使馆的人也暗暗吃惊。

150 辆多吗？每辆车坐 70 人也才一万出头。到时候还怕不够呢！宋爱国的胃口真是很大。受动乱影响，埃及旅行社的老板和司机们已经几十天没生意了，嗷嗷待哺，他们兴奋得恨不能把中国朋友抱住亲个够。

在宋大使等人的指挥下，埃及各旅行社的大巴车浩浩荡荡从不同方向向萨卢姆边境集结。

最先离开利比亚的中建技术公司的 83 人开始进入埃及海关。

"护照！证件！"地中海的初春依然寒气逼人，可海关大厅内却热浪滚滚、臭气熏天。满头大汗的埃及海关人员见是一队中国人，便非常友好地让他们从挤得水泄不通的逃难人群中优先办理入境手续。

"Passport！"

"把你们的护照拿出来！"

海关人员不停地喊着，我们那些浑身沾着工地灰尘、惊魂未定的同胞，此刻茫然地瞅着埃及海关人员，不知所措。

"No！我们什么都没有，我们是从利比亚逃出来的，工地丢了，连牙膏牙刷和随身的钱夹子都丢了，哪还有护照啥的！"

"No！没有护照，你们就无法入境。"埃及海关人员耸肩，无奈地将 83 位中国人赶到一边。

"啊，那不是我们的外交官吗？同志……"人群里，突然有人高喊起来。

"是，我认识他们，是驻埃及使馆的外交官！"有的人激动得快要跳起来了。

不错，正是我驻埃及使馆的外交官，他们一到萨卢姆海关现场，得知我同胞没有护照，便立即通过使馆向埃方有关方面交涉，请求按特殊情况处理。

"埃方已经同意，向我们的 83 位同胞签发旅行证件过境。"开罗的宋爱国大使告诉在萨卢姆的前方人员。

"同胞们，我们现在给大家办旅行证件，这样你们就可以安全回家了！"使馆同志的话一出，惊魂未定的同胞们顿时欢呼起来。

接下去，照相的照相，贴照片的贴照片，外交官和几十位中国劳务人员忙成一团……当 83 人做好证件、办完入境手续，在开罗等待消息的宋爱国大使一看表，好家伙，整整花了五个多小时！

这可怎么办？ 83 人用去小半天，一万人过境要用多少天呀？宋爱国一算，头"嗡"的一下涨大了几倍！

与此同时，国内外交部领保中心也在为同一问题犯难。

"我看得马上设计一个中国公民紧急旅行证件，让我们的同胞即时可用，又便于前方制作。你们看呢？"

"只要让我们的同胞能够撤到目的地，什么办法行得通，就用什么办法！"领保中心的郭少春、唐立、张洋、朱家耀等4人围着黄屏说。

黄屏对郭少春说，请你们马上设计一个表样，最好是一张A4纸，留出照片框，内容务必考虑周全。前方使馆已经处于高度紧张状态，要让他们收到一复印即可现场向无证照的待撤人员分发、填写。

"明白！"郭少春等很快把此事处理完毕。外交部的这一发明在后来的整个撤侨行动中起到了特别重要的作用。

我驻埃及使馆行动在前，经验在前，他们也创造了另一个"先进经验"：团进团出。

何谓"团进团出"？

宋大使解释说："就是撤离人员像平时的旅行团一样，不分散行动，全部整团进，整团出，中间也不住夜，不驻地。从萨卢姆海关办好入境手续后，直接把我们的同胞接到大巴旅行车上，再一股脑儿送到机场……"

我驻埃及使馆确实干得漂亮。21日晚上，领保中心撤侨的热线电话在《新闻联播》刚公布，郭少春他们就接到报告：第一批

83名从利比亚撤出的同胞已经安全入境埃及。

好样的！黄屏把这消息报告给宋涛等外交部领导后，外交部又迅速将此汇报到张德江、戴秉国等中央领导那儿，相关工作人员一路听到领导们都是用这3个字在发感叹。

有第一批就能有第二批。83人安全撤离值得庆幸，但令领导们和外交部前线指挥部的黄屏、郭少春他们心头无比兴奋的是，总算打通了撤离的第一条路线，而且是最近、最理想的陆路！

"立即电告班加西的中资公司各单位，还有其他中国侨民，让他们马上组织队伍，准备向埃及边境萨卢姆集结……"领保中心负责前方联络组在朱家耀、祝笛2位组长的带领下，组员孙显宇、李霞、王腾、买欣全、赵剑阳、过琳、徐晶晶、蔡志烽、孙亮、刘建宗交替着拿起电话，向我驻利比亚使馆和利比亚东部地区的中资单位及中方人员发出紧急通知。

"你们马上行动，尽快向埃及边境撤离！"

"还管那么多干什么！赶紧向萨卢姆转移！"

班加西一带的中资公司和中方人员已经接到撤离的命令，他们相互传讯、你促我催，纷纷卷起铺盖，收拾瓶瓶罐罐，准备离开工地……

然而，当地的局势变化比我国同胞的行动还要快，尤其是发誓要将班加西的反对派势力像老鼠一样消灭的卡扎菲当局派出了军队和战机，战争的炮火比我国同胞撤离的步伐要快得多。

当地时间 22 日下午开始，班加西和利比亚东部地区全面陷入枪炮交射的混战状态，通往埃及的陆路撤离路线基本宣告终结。

"根本过不来呀！已经有好几个埃及人在逃离途中被打死了⋯⋯"正在组织 150 辆接应车队的宋爱国一听这消息，刚才那份气吞山河、舍我其谁的气概，一下烟消云散，这可怎么办？

"注意动态，等待时机！"原本已经摆开架势，准备轰轰烈烈接受一场大撤离考验的我驻埃及使馆工作人员，只得放慢脚步，按照国内的指示在埃及边境和首都开罗及亚历山大市等候利比亚那边的情况。

这是令人万分痛苦和焦急的事，然而真正万分痛苦和焦急的当属身陷利比亚危险战火之中的中国同胞。

"22 日起，我们这儿的电话断了，手机也没了信号，营地和工地被当地的暴徒一次次洗劫，上级的指令也收不到，看来真的要埋葬在异国他乡了⋯⋯"

"谁来救救我们？上帝啊！你为什么这么无情，我们可都是些有家有室的民工和建筑人员呀！"

利比亚境内，当时能发出一点信息的，也只有时断时续的互联网。类似这样的呼救与哀叹，比比皆是。

　　"今天我听了很多遍 F.I.R（飞儿乐团）的《应许之地》，这是我多年前就很喜爱的一首歌：

多事之秋

耶路撒冷的天空

破碎的梦

应许之地消失中

你神圣的外表之中有多少无奈

这纯粹的仇恨啊

你想证明的是什么

我不应该对你有任何遐想

就任凭你

无止无尽地诉说

多残酷的笑话

我逃离我冷静不下来

就让仇恨随风

带走伤　带走痛

让眼泪不再流

为生命找个出口

当血染红天空

却用爱　去承受

愿天使从废墟灰飞淹没中

把爱降落

我不应该对你有任何遐想

就任凭你

无止无尽地诉说……

"每次听这首歌我就想哭。很多人以为这是首关于爱情的歌，其实它是关于战争的心境之歌。难道现在我们不是身处这样的境地吗？我现在想问：战争，你什么时候结束？你什么时候让我们这些无辜的人离开你……"

这是一位劳务人员年轻漂亮的妻子的博文。她内心被突如其来的战争阴影笼罩，那种痛苦撕裂着多少曾怀揣愿望来到地中海南岸国家谋生者美好的心灵。

读它让人惊恐，让人焚心。

怎么办？原本最近、最可能成为撤离要道的东部陆路被切断后，现在只剩下西南往突尼斯边境的陆路可走。黄屏和郭少春迅速将这一消息报告到宋涛等部领导那里，大家的目光自然而然地投向了的黎波里以西的利突边境，并将希望寄于此地。

从当时我在利人员的分布情况看，西部的人数显然比东部班加西地区还要多，这里集中了中水电公司、中铁公司、中冶一局等几大国字号公司和北京建工、北京宏福建设等几家大单位的一万余人。

"务必打通利突边境的陆路撤离通道！同时准备海上通道的正式撤离。"北京时间 22 日 22 点整，宋涛主持外交部当日的协调会，他代表部领导宣布了上述两项紧急任务。

在这次会上，黄屏代表领保中心汇报了一件火烧眉毛的事：我在利比亚的人数到底是多少，现在仍十分混乱。今天一天下来，我们汇总了各个方面的信息，结果发现比原来掌握的人数多出了好几千人！

"这是个严重问题！"宋涛的表情一下凝重起来，"人员不清楚，整个撤离工作就会打乱阵脚。务必请国资委和商务部尽快报送准确的人数及他们的所在位置和目前最新情况。"

"宋副部长，中南海来电……"秘书悄声报告。

宋涛接完电话，回来向协调会上的同志们传达说，国务委员戴秉国同志对大家紧张的工作表示慰问，并提出对前方的形势研判由外交部亚非司牵头，每日汇总后上报中央。

"同志们，真正打响撤侨战役是在明天——也就是几十分钟后的 23 日。大家务必高度集中注意力，关注前方形势的变化和做好海、陆、空 3 条线的齐头并进，要周密配合，争取第一炮打得漂亮！"散会后，宋涛把陈晓东司长留下，单独向他交代任务。

陈晓东随即紧急约见利比亚驻华大使贾西米，说："中国政府高度重视中国在利比亚人员的生命和财产安全，利方有义务采取一切必要措施确保中国在利比亚人员的安全，并为中方撤离行动提供尽可能的协助和便利。"几小时后，贾西米答复："利方承诺将尽一切努力保障中方人员安全，并为其撤离提供协助和便利。"

亚非司副司长常华则给驻埃及大使宋爱国打电话，请他立即联系利比亚反对派驻埃及代表，要求反对派承诺不干扰、不阻挡中国政府撤离本国公民的行动。很快宋大使那边也有了答复，利比亚反对派表示不会阻挡中国撤侨，而且会提供某些便利。

午夜 23 点 50 分，黄屏带着几项紧急任务回到领保中心，随即召开值班人员全体会议，把相关任务分配到各个小组，自己操起电话，直接与我驻突尼斯使馆的火正德大使通话："火大使，你好！我想问问你那边的情况怎么样？"

这边开门见山，那边直截了当："我这边一切就绪。同时已组织好 50 辆接应车向突利边境进发。同胞过来后的中转地基本落实，下一步回国的机场和航班也将在明后天敲定……"

"太辛苦你们了！"黄屏一听心里落下一块石头。

"不辛苦，是我们准备得早。西亚北非的动荡是从突尼斯开始的，所以我们算是有些经验了……"火正德大使说。

"都给你碰上了！"黄屏放下电话，内心有些感慨。他跟火正德也算是熟人，五十八岁的火正德2010年10月15日从驻几内亚大使岗位调任到突尼斯使馆后，就遇上了突尼斯局势突变。几个月来，火正德还没有从驻在国的一堆乱麻中解脱出来，现在又担起了利比亚大撤侨的重要任务。

"外交官就是这样的命，平时好像很风光，一旦有事，身家性命都得拼出去。其实平时我们也是在那种看似风光，实则时时刻刻暗藏风险的环境中战斗着。"这是我在外交部采访过程中留下的一个深刻印象，也是许多外交官向我吐露的真实心声。中国有三千多外交官在全世界二百多个国家和地区工作，能分配到条件好的使领馆工作的只是少数同志，大部分人都要经受战乱、疾病、高海拔、高温、饮用水困难、贫铀弹辐射等各种生存挑战，在非洲工作过的外交官绝大多数与疟原虫相伴终生。有一位外交官，在外常驻时曾遭遇战乱，一颗子弹打进身体内二十多年，他竟全然不知！多么可敬可爱的中国外交官！

现在我们说到的是火正德大使的驻在国突尼斯。

这个夹在利比亚和阿尔及利亚两个巨人"肩膀"之间的"一块小疙瘩"，尤其是它刚刚经历一场翻天覆地、改朝换代的大动荡，新旧政权更迭之际，许多部门和敏感地区仍未恢复正常，要从利比亚撤侨过境上万人，还要安排住宿和飞机中转，其难度绝对不小。

我驻突尼斯使馆在接到国内指示后，迅速抽出精兵强将，除了必要的留守和值班人员外，几乎全都到了突利边境一线做相关的接应准备。与驻埃及使馆相比，驻突尼斯使馆的硬件设施、人员配备都差不少，但火正德大使他们承担的撤侨重任却超过了其他地方。可想而知他们的压力之大、工作之繁重。

将前线指挥部设在突尼斯边境小镇吉尔吉斯之后，火正德命令使馆武官秘书王一川迅速赶往与利比亚边境拉斯杰迪尔口岸遥遥相望的边境闸口，做好接应同胞的准备。

"迷雾太大，除了枪声外，根本看不到那边的情况！"王一川一到闸口，就往利比亚方向望去，什么都没有瞅见，只听见不断有枪声传来。偶尔朝闸口奔跑过来的，也都是些零星的突尼斯人。王一川问逃难的突尼斯人，在拉斯杰迪尔口岸有没有见到中国人，回答都是摇头。

"你们中国人过不来！卡扎菲不放！"终于有一个人对王一川这样说。

"为什么？"

"人太多，乱成一团，卡扎菲的人把海关封死了！"

到底怎么回事？当时与王一川武官秘书同行的有几个新华社

记者，在当日发了一篇突利边境现场报道，这样写道：

  二十三日清晨六时，突尼斯首都阴云密布、凄雨霏霏，中国驻突尼斯使馆第二工作组和新华社记者一行五人冒雨驱车前往六百多公里之外的拉斯杰迪尔口岸，准备迎接和帮助首批从利比亚西部撤到突尼斯境内的中国公民。风大雨急，我们挂念同胞安危的心情更迫切，因为我们已经知道利比亚首都的黎波里当天发生激烈的枪战和炮击，大家都担心同胞能否平安撤离。

  当我们行至四百七十公里外的突尼斯南部重镇加贝斯时，已在口岸做相关交涉的第一工作组传来了让人多少感到欣慰的信息：首批中国中南勘测设计研究院在利比亚的八百名员工已经出发，预计午后一点三十分左右抵达突利边界。这时，风停雨歇，如洗的蓝天撕破乌云，将缕缕金色的阳光洒向大地。随后，我们兵分两路：记者和使馆武官秘书王一川赶往口岸第一线，卓瑞生参赞带领其他两名工作人员前去突尼斯吉尔巴岛落实中国撤离人员的住宿问题。

  正午时分，当记者赶到拉斯杰迪尔口岸时，先前到达的杨旭武官和周明照参赞已办妥了所有入境事宜。这时，只见三五成群的逃难者不断拥入突尼斯境内。他们有的怀抱婴儿，有的肩负行囊，疲惫的面容依然带着经历过生死磨难的余悸。一些突尼斯侨民双脚刚刚迈过边界线，就不顾一切地扔掉行李，双膝跪地狂吻祖国的土地。一名叫穆斯塔法的青年在接受记者采访时，愤怒声讨利比亚极端武装分子的暴行。他和两个同在利比亚打工的朋友徒步返回突尼斯，半路上惨遭极端武装分子的袭击，两个朋友被当场打死，他本人的财物也被抢劫一空。穆斯塔法流着悲愤的眼泪说：一个国家如果陷入动乱，连人的生命和尊严都没了，哪里还有幸福和安宁？

得知了穆斯塔法的经历，我们更为迟迟不见踪影的中国同胞担忧。果然很快传来消息：由于利比亚局势极度恶化，边界地区甚至失控，加之其边防人员又采取了极不合作态度，一再以各种借口拒绝中国撤离人员离开利比亚。此时的我们，更加为滞留在拉斯杰迪尔口岸上的同胞担忧……

这可是要命的事！王一川立即把边境上的情况汇报给了火正德大使。火正德又马上汇报给国内。

"我的天哪！"黄屏的耳边仿佛炸响了一声惊雷。

特别行动小组

　　这是外交部向中央报告撤离方案中的一个特别重要的预案，即在最需要时派遣"特别行动小组"。这个行动小组以外交部的工作人员为主，同时从公安部、商务部等部门抽调专业人士参加，到事发地代表中国政府或外交部负责处理现场情况，外交部内称他们是"工作组"，事实上就是特别行动小组。

　　不过我国的特别行动小组，与美国等西方国家通常派出的"特别行动小组"性质不太一样，电影电视里经常看到美国派出的特别行动小组，基本上都是武装人员，他们深入事发国家或地区，进行武装行动，如解救人质等。有的特别行动小组是以收集情报、颠覆敌对国政权为目的的。我国的外交特别行动小组主要是处理撤侨行动，所承担的是和平使命，都是文职人员。

　　"现在的世界形势非常复杂，一些国家的政局不稳定，随时有

可能出现政权更迭，一夜之间出现国家动乱，解救自己的侨胞是
一个国家的使命和责任。近年来我国多次处理过类似情况。比如
2006 年汤加发生政变，街头枪声乱起，当地居民到处逃窜，中国
侨民更是吓坏了。遇到这种情形，侨民们认为唯一保险的地方就
是我们的大使馆。开始我们的大使馆根据所掌握的情况，以为也
就几个侨民。第二天一早，使馆大门口突然出现了黑压压一大片
侨民！大使吃了一惊，怎么一下冒出这么多人啊？原来，随着中
国公民以令人震惊的速度和规模走出国门，中国政府对大量的流
动人口越来越难以作准确的统计。来到汤加的中国人中，有的是
合法进入的，有的是通过第三国进入的，有的根本就是非法进入
的，还有的你就根本弄不明白他是怎么回事。大多数国民进入外
国境内后，没有到中国大使馆登记的习惯和意识，而且很快分散，
使馆所掌握的侨民情况与实际情况差异太大，这也是当下我驻各
国使领馆所面临的一个尴尬问题。但事一出，保护和解救自己的
公民是我国外交战线的使命。解救侨民，保障他们的人身安全这
时成了重中之重。遇到此类突发事件，使馆自身就身陷险境，跟
国内联系再不畅通，往往容易陷入被动局面。而且，中国外交队
伍的编制基本上还是过去的样子，与迅速上升的国力和对外开放
的局面形成了巨大反差。如从 1949 年到 1978 年改革开放前，我
国出境人数合计只有 28 万人次，而 2011 年时中国公民出境人数

已经超过 7500 万人次，但中国政府在海外负责领事保护的专业人员加在一起还不到 500 人。因此，派遣工作组前往事发地执行特别行动任务便成了一种惯例。他们一方面对国内的意图掌握准确，另一方面执行力强。近几年里，我国在撤侨行动中多次派遣过这样的工作组，效果十分明显。"参与撤离方案制订工作的领保中心副主任张洋这样介绍特别行动小组的职能与功效。

22 日中午，杨外长从中南海回到外交部后告诉宋涛："马上组建特别行动小组，挑最过硬的同志参加！"

"还要尽最大努力保护好他们。"张志军书记叮嘱道。

"嗯。"回答只是简单的一个字，宋涛心里却涌起千层浪。

每一次派遣这样的工作组，对部里的领导来说都是一件非常痛苦的事。参加特别行动的都是些年轻有为、政治素质高、业务能力强的小伙子，他们必须不惜一切代价完成任务，并做好随时牺牲的准备……

"所有撤侨任务中，利比亚这一次面临的局面最危险，任务又最重，派谁去呢？"宋涛不免感到头痛。

"小彭，你把黄屏叫来。"他对秘书说。

当敲门声响起的时候，宋涛深深吸了一口气。等黄屏落座，宋涛看了一眼自己的爱将，缓慢而坚定地说："现在，利比亚的情况特殊，国内对前方复杂情况的了解少之又少，而且卡扎菲政权与反对派之间的出招瞬息万变，加之我们在利的人员太多，必须考虑派遣执行特别行动的工作组了。"

其实黄屏在来的路上，心里已有三分数："我明白，领导，我们一直在想这事来着。"

"那就好！你们马上会同干部司、办公厅等单位，迅速拟定名单，限三个小时组建完成，名单要送我过目！"

名单很快出来，一共21人，分为3个小组。他们中除了外交部抽调的人员外，公安部、商务部和国资委各抽3名人员加入。

黄屏带着名单来的时候，宋涛一边翻看他们的简历，一边问："这些同志都有什么困难和要求吗？"

"没有。每个人都表示坚决完成任务，什么要求也没有提。"

"个个都是好样的。明天我要为他们送行！"宋涛的眼里渐渐闪出泪光……

"好的，我来安排。"黄屏的语调也难掩沉重，他马上吩咐郭少春他们迅速通知所有列入名单中的人员，必须在第二天即23日上午上班时全部到外交部报到，准备随时出发。

需要交代一下外交部此刻正在进行的两件紧急的事：一是郭少春他们通知已确定的特别行动小组人员，让他们立即准备行动；

二是与有关部门进行协调，确定航行路线后，联系办理飞行许可。

时间：午夜 12 点 10 分

"民航局，请你们马上调出两架飞机，准备飞往利比亚首都的黎波里。"外交部领保中心包机组向国家民航局发出指令。

时间：午夜 12 点 20 分

"驻利比亚使馆，请你们马上与的黎波里机场取得联系，通报我们明天有两架包机赴利执行任务，同时尽快联系办妥飞行许可。要以最快时间报告此事的落实情况。"外交部领保中心联络组向我驻利大使馆发出指令。

时间：午夜 12 点 30 分

"驻蒙古国使馆、驻俄罗斯使馆、驻哈萨克斯坦使馆、驻土耳其使馆……请你们注意，明天国内派出两架包机前往利比亚，途经你们驻在的国家，务请迅速办妥驻在国的过境飞行许可。"外交部领保中心联络组发出指令。

时间：凌晨 1 点

"民航局报告，两架国航包机已准备就绪，听从外交部调遣随时准备起飞。"

时间：凌晨 1 点 50 分

"驻利比亚王旺生大使报告，已派人赴的黎波里机场，但机场已处混乱状态，无法正常降落。建议我包机赴利暂缓。"

　　黄屏和郭少春一看这份报告，心头猛地一冷。按行动方案，特别行动小组之所以分3个小组，是根据现有我在利比亚人员分布情况设定的。他们将要到3个地方：一是位于北部的的黎波里；二是东部海港城市班加西；三是南部沙漠地带的塞卜哈。前方机场不能降落，特别行动小组尚未出动，行动已受阻。

　　"怎么办？"郭少春用目光询问黄屏。

　　"再等等看。"黄屏压住火气，他知道后面的难事何止一两件。沉着是前线指挥员必需的素质，他必须在领保中心几十号人面前保持沉着。郭少春知道自己也应该如此。

　　"小组的成员都通知到了吗？"黄屏问。

　　"全都通知到了，明天一早来部报到。"郭少春回答。

　　……

　　23日清晨6点30分。黄屏刚刚往脸上擦了一把冷水后睁开眼睛，就有人直挺挺地站在他面前——是工作组组长费明星。

　　"你来得还挺早嘛！任务清楚了？"

　　干练的费明星点点头："是。"

　　"马上熟悉一下那边的情况，准备11点飞。"黄屏指指桌上一堆已经准备好的相关材料说。

　　"是。"

　　费明星后来向我介绍，他前一天在部里上班时，知道了利比亚的一些情况，晚上跟一个朋友吃饭时还在嘀咕说，可能部里会派出工作小组赴利比亚执行任务。不过他确实没有想到又会派他去。"事实上，我应该想到的。"费明星说。他说这句话是有依据的，因为费明星是有 3 次参与撤侨实战经验的外交官。

"2000 年 4 月，所罗门的霍尼亚拉发生骚乱，当地暴民见中国人开的商店就打砸抢，华侨生命处在极度危险之中。我国与所罗门没有外交关系，但那里有中国公民，保护他们的生命和财产安全是国家的责任。于是我国政府紧急商请澳大利亚、新西兰、巴布亚新几内亚等国政府帮助保护我侨民，那时我在驻澳大利亚使馆，作为国内工作组人员去了所罗门。有件事印象特别深刻，有个长得很像中国人的女难民，跑到我那儿，恳求我们救她。后来一问，她不是中国公民，我们不能带她走。她很愤怒地骂了一句脏话后说：'我要是中国人多好！'所罗门骚乱时，当地的唐人街被暴乱分子洗劫一空，到处是焚烧后的惨状，我国共接回了 310 名身处险境的侨民。"

费明星还有一次撤侨经历，是 2006 年的汤加政变。那时他已是使馆的参赞，配合国内完成了 193 名侨民的撤离。

"部里这回考虑派我到利比亚去，肯定是因为我有些实战经验。当时，郭少春问我能不能带一个小组到利比亚，我说没问题。一晚上老婆不停地辗转反侧，也不说话。天不亮，我悄悄起来收拾东西，在洗手间里正刮胡子呢，一扭头见老婆也起来了，眼圈红红地给我找了个塑料袋装牙刷。十几年相守，她知道我的工作意味着什么，虽然不知道我要去哪儿，但知道这肯定又是一次命运未卜的生死考验……"

外交部里有句话一直流传了几十年，那是当年周恩来总理兼任外交部长时定下来的，他说中国外交官是不穿军装的"文装解放军"。外交部组建初期，许多高级将领加入外交队伍，周总理要求他们继续保持革命军人的优良作风。六十多年来，中国外交队伍虽然在人员组成上发生了很大变化，但这个传统代代相传。

现在，费明星他们又要以"文装解放军"的身份，到那个遥远的、战火纷飞的异国去战斗了！如果是参战的解放军，他们每人手中都应该有武器。然而，身为"文装解放军"的外交官，他们不能随身带武器，他们只能用血肉之躯和一颗忠诚于国家的赤诚之心去迎接枪林弹雨下的战斗。

这是何等悲壮的考验！

这就是外交官的特殊使命！

费明星他们的特别行动小组人员庄严地接受了国家交给他们的生死任务——为拯救身陷战乱中的数万同胞，赴汤蹈火在所不辞！

23 日上午 7 时，外交部领保中心接到我驻土耳其使馆报告，飞越该国上空的专机航空许可证办妥。接着，专机经蒙古、俄罗斯、哈萨克斯坦等国的飞行许可手续相继办妥。友好国家关键时刻真的很给力！

7 点 30 分，外交部为 21 位特别行动小组人员办妥护照。

8 点整，黄屏召集陆续到齐的全体特别行动小组人员开会，交代任务。这是一次庄严肃穆、激昂悲壮的会议，出征的小伙子们不知，黄屏和郭少春却知道，杨洁篪向宋涛私下交代过：此次利比亚工作组任务艰巨，充满危险，要做好一切准备。"后面的话领导虽然没说，但我们清楚是什么意思。"黄屏告诉我，根据当时的情况，部里是做好工作组成员回不来的准备的。形势便是这等严峻，是战争就会有牺牲。

11 时，外交部南门。特别行动小组成员站成 3 排，组长站在排头。外交部副部长宋涛以充满期待的目光，面对这些年轻而又淡定的面孔，发表了出征动员令：

"同志们，这次利比亚撤侨行动在我国外交史上是史无前例的。你们此行责任重大，使命光荣！你们肩上扛着的是中华人民共和国的重托，你们身上寄托着 3 万多个家庭的希望，请你们一定要带着受困同胞得胜归来，毫发无伤！等你们回来的时候，我一定去机场迎接！"

"保证完成任务！"回答气壮山河。

　　就在 21 名队员即将出发之际，宋涛突然提出，他要与每位队员照张相，于是年轻的队员们欢呼了起来，因为他们平时跟部里领导单独合影的机会并不多。在一旁看着照相的黄屏和郭少春等领事司的同志鼻子有些发酸，有几位女同事预感到什么，要么走开，要么扭过身去，因为她们的眼里已满是泪水……

飞往的黎波里

　　的黎波里，那是一个什么样的城市？那是一个与中国直线距离超过万里的城市，我国民航开通这条航线还不足一个月，战争之火已经烧红了这个曾经风景如画的地中海城市。

　　现在，全世界都在聚焦战火纷飞的的黎波里，卡扎菲政权有被颠覆的可能，这让盼望已久的西方世界欣喜若狂。自命不凡的狂人卡扎菲坐在火山口犹自不知，狂妄地叫嚣着，举起屠刀准备对一切企图推翻其王朝的反对派施以血腥暴力。的黎波里到处都是新闻，被全世界瞩目。

　　就在中国派出特别行动小组前往的黎波里几小时前，驻利比亚使馆政务参赞王旭宏、华昱清前往的黎波里机场查看情况。他们到那儿一看，简直不敢相信自己的眼睛，几天前还好端端的一个国际机场，如今乱得像一个路边集市。机场工作人员大半不见踪影，荷枪实弹维持秩序的警察和士兵也失去了控制，数万难民将机场里外堵得水泄不通，到处是杯盘狼藉，垃圾遍地。枪声、喊声、尖叫声、绝望的哭声交织在一起，响彻机场，像是人间地狱。

难民的生命和尊严被肆意践踏，不时有被枪杀、被踩死的难民，尸体像垃圾一样，被随意丢在一旁。在这里，人性泯灭；在这里，血泪横流。谁早一点离开，谁就能保住生命。

欧盟等数十国的飞机强行降落着陆，失控的机场跑道上挤满了失去理智的难民，他们不管不顾地疯狂拦截着一架架飞机，想方设法要登机逃命。

的黎波里机场彻底混乱了，惨剧不断发生，有可能还会加剧。现在，中国的特别行动小组必须抵达那里，不管代价有多大！

"你们必须推迟起飞！否则无法在的黎波里机场降落。"前方警告。

"不能再推迟了！必须马上起飞！"国内一次比一次紧急地催促。

"起飞也没有用，降不下来怎么办？"前方这样回答。

"降不下来也要起飞！从北京到的黎波里有十几个小时，飞了再说！"国内强行指令。

"起飞！"23 日下午 5 点 48 分，北京首都机场的一架专机，在呼啸中飞向云端，飞向那个地狱般混乱的地中海南岸城市……

"当时，偌大的机舱内除了机组人员，只有我们 7 个人。一上飞机，我就把小组人员召到一起开会。我说现在我们是一个战斗小组，一定要团结一心，然后我宣布了分工。我让曾经在利比亚待过的刘翔同志介绍当地情况。"费明星说，"看得出，接受紧急任务的小组全体人员个个精神饱满，同时也略显紧张。我要求大家先休息，自己跑到飞行员的驾驶舱内，要过机长手中的话筒，与外交部领事司通话。这是我有生以来第一次在飞机上用飞行员的电话通话，觉得很不一般，强烈地感受到此次任务的特殊性。"

"请问，我们到底飞往哪儿？"费明星询问道。

"现在还不能确定。"郭少春说。

"那怎么办呢？"

"等待通知。"

费明星与机长对视了一眼。没有办法，飞吧，往西飞了再说！这是少有的航空飞行任务。这是战斗任务。

回到机舱，费明星看看他的队员，没一个人睡。"怎么都没睡呀？"费明星有些生气，因为保持良好的身体和精神状态很重要。话到嘴边，没说出口，队友们有的在记笔记，有的在思考，他知道大家的心里不平静。身为组长的费明星，此刻的心情比队员们还要紧张和不平静。

"费明星，你是组长，我要叮嘱你两件事：一是到了前方以后，如果遇到一些突发情况，来不及跟国内请示报告，你可以自行处置；二是不用经国内批准，你可以雇佣当地的安保力量，怎么雇佣、什么时候雇佣，全部由你根据前方的情况作决定。明白吗？"

"明白。"

"费明星，我让你带这个工作组对你只有一个要求：你是中国派出的第一架专机，必须在第一时间冲进利比亚。现在情况不明朗，是从马耳他、埃及或是希腊哪个国家进入利比亚，还不能确定。你必须随时跟航空公司保持联系，第一时间冲进利比亚，把当地情况报回来！明白吗？要不惜一切代价，把情况报回来！听明白了没有？"

"听明白了！"

费明星怎能睡得着！他耳边不时响起临上机前，黄屏和郭少春跟他"咬耳朵"说的话。字字重似千钧，压得费明星喘不过气来。他心头的压力，外人并不知道，却被他儿子在看电视时发现。

费明星临出发前在首都机场接受央视记者采访，他说："我们知道此行使命光荣、责任重大，我们将全力以赴做好工作。"

费明星儿子在家边看电视，边对料理家务的妈妈说："嗨，爸爸今天可有一点……"

　　费夫人停下手中的活问："什么意思？"

　　孩子说："我看他说话时心里跟没底似的。"

　　费夫人笑笑没说话，只是意味深长地叹了一口气——那是作为外交官妻子深埋在心中的一份担忧。

　　此时身在空中的费明星并不知道他家里发生的这一幕。他最为关心的是他们的飞机能否"冲进利比亚"，从哪个地方往里冲。

　　黄屏司长临走时一再用"冲"这个字提醒他，让他倍感压力。"冲"意味着什么？置之死地而后生？不管不顾冲锋陷阵，还是冲破险阻取得先机？其中弥漫着强烈的战斗气氛，他不能不紧张。费明星忍不住从飞机窗口向外看去，除了无边无际的黑暗，什么都没有……

　　要是天空没有国界多好！要是这个世界没有战争多好！那样我们的飞机想飞哪儿就飞哪儿，想到哪儿降落就可以"冲"向哪儿。世界都是一家人，我们住在地球村，何时能实现世界大同呢？

　　利比亚的几万同胞每一分每一秒都处在生与死的边缘，费明星四十五年来第一次感到如此焦虑和责任重大！他是行动组组长，是探路者，是急先锋，寄托着大家殷切的希望和期待……

　　费明星不敢往下想。他再一次跑到机长所在的驾驶舱。

　　"刚接到地面电话，让我们在雅典机场降落。"机长给费明星带来喜讯。

"太好了！"当费明星把这个消息告诉队员，小伙子们立即兴奋起来。他们知道，雅典与利比亚仅隔一个地中海。

专机在雅典机场刚停下，我驻希腊使馆政务参赞郑曦原便登上了飞机，与费明星接上头。

"什么时候我们能飞抵的黎波里？"费明星的全部注意力都在一点上。

"不知道。只能等利比亚方面的消息。"郑参赞当头给了费明星沉重一棒。

"不能快一点？"费明星口气很生硬地冲比他资格要老不少的郑参赞问。

"这得问卡扎菲了！"郑参赞说。在远隔祖国万里之遥的异国，面对异常严峻的使命和任务，这两位四川老乡失去了往日的亲热劲儿。

费明星无奈地看看郑参赞，只得沉默。心急如焚的费明星他们，现在只能做一件事：等，等利比亚方面的消息。

"好了，可以飞了！"一个多小时后，郑曦原和机长几乎同时对费明星说。

"哥们儿，回国后我到川办好好请你撮一顿！"费明星猛地热烈拥抱住郑参赞说。

郑参赞则重重地拍了拍费明星的肩膀："千万保重。"

载有中国撤侨第一特别行动小组的专机，呼啸着从雅典机场飞向地中海对岸的的黎波里……

在叙述第一特别行动小组的动向时，时间其实已经跨过了十几个小时。而这期间，利比亚的情况不断出现变化。当日，电视里播出了卡扎菲二十三分钟的电话采访，他猛烈地抨击他的反对派，称他们是基地组织的帮凶。

"你们是怎么回事？你们这些本·拉登的帮凶们是在给我们的孩子洗脑，难道这还不清楚吗？所以，我将毫不留情地打击你们，直到彻底消灭你们！"卡扎菲一副誓死战斗到底的架势。与此同时，班加西的反对派营地大门处，两挺机枪不停地向天空扫射，以示他们根本不怕卡扎菲的恐吓。

2月23日，利比亚的局势全面进入拉锯式的战争状态，执政当局和反对派到底谁厉害还看不出。这正是最要命的时候——对无数在利比亚的外国人来说是如此，对中国政府和执行撤侨具体行动方案的中国外交部来说也是如此。

"现在已经是24日了！第二架包机必须起飞！"黄屏再三权衡，经请示于24日凌晨2点向民航局下达了明确指令。

二十八分钟后，赴班加西、塞卜哈的第二、第三特别行动小组和第二架专机从北京首都机场起飞，目的地——"未知"。

　　机长得到的指令是，先向迪拜或开罗方向飞，到时再说。

　　此时，3个行动小组皆在天空，他们等待着未知命运的安排。

利比亚啊，你太让人忧心如焚了！

国资委在行动

中国是社会主义国家，社会主义国家的体制和体制优势，曾经被许多人歪曲和讽刺过，而这种歪曲和讽刺的调子有时在我们国内也会发出嗡嗡声。这不奇怪，因为我们强大得太快了，快得让那些一直自以为是世界霸主的国家感到心里不舒服。也因为我们在强大过程中有些方面还欠周到和平衡，使得某些自己人也有心情不畅的时候。

可是有一点连我们的敌对势力都不得不放下高傲的姿态并彻底认输，那就是中国的社会主义制度在关键时候，尤其是做大事、干大事，做成大事、干成大事方面，没有哪国可以匹敌。

往前推几年，那是 2008 年。那一年北京举办奥运会，想想当时有多少西方势力挑衅和捣乱，后来当他们看到我们盛大的开幕式和圆满成功的全程活动时，全世界所有的乌鸦嘴都闭上了，除了惊叹还是惊叹。

这一年我们的国家也经历了痛苦，那就是"五一二"汶川大地震。面对瞬间出现的天灾，近十万人罹难，数十万人家园破碎，那些仇恨和嫉妒中国强劲发展的敌对势力暗自高兴，以为中国从此一蹶不振。哪想到我们不仅很快就抚平了灾难造成的伤痛，而且以超前三五十年的面貌改观了那些破碎的家园！

社会主义国家的制度和体制得到证明，它属于人民，它为人民的根本利益谋福祉。利比亚大撤离再次证明了这一点。

从2011年2月22日上午国务院应急指挥部成立之时起，最早动员起来的是国字头部门，除了外交部，至少还有商务部、国资委等十几个部委，所有的行动都在国家统一指挥下同步进行。

无疑，在所有参与行动的单位中国资委身负重任，他们有十几个国字号企业、两万五千余人的队伍在利比亚各地承包项目！

数字之大、分布之广、遭受的毁灭性打击之严重，连国资委自己在收集信息时都感到吃惊。

"要尽一切力量确保人员和财产的安全，必须发挥国企优势，确保国家撤离计划顺利进行！"22日当日，国资委副主任黄丹华带着国家应急指挥部的撤离精神回到单位后，国资委在第一时间内成立了自己的"领保中心"。下午，在利比亚有项目的十几个央企的头头脑脑都在国资委领到了自己的任务。

"为了保障分散在各地的单位有效组织队伍安全撤离和处理紧急情况，国资委临时决定成立 4 个区块的前线临时指挥中心，协助使馆和工作组协调本地区的所有国企员工和其他人员撤离事宜。它们是：东部的班加西地区、中部的米苏拉塔地区、西部的利突边境以及南部的塞卜哈地区。分别由中建牵头，负责中交集团、中水电集团等单位 1.3 万余人的东部撤离任务；由葛洲坝集团牵头，负责西部的 11 家中资公司共 1.1 万多人的撤离任务；由中交公司牵头，负责中部米苏拉塔地区的中交、中铁、长江岩土公司等单位的七千余人的撤离任务；由中水电集团牵头，负责南部地区中土、中建材、中石油、大连国际等单位的五千余人的撤离任务。你们都要听从外交部和驻利使馆统一指挥，及时组织好所有中资企业的撤离……大家有没有困难？"

"没有！"

"没有困难是不现实的，但我们是中国的国企，每逢国家和人民有难时，我们总会冲在最前面，宁可牺牲自己，也要保护国家和人民的利益。利比亚大撤离，中国国企将会有巨大损失，这是所在国的政治动荡和战乱所致，属于不可避免的灾难。好在我们的项目大多为承包工程，合同在和项目在固然重要，但我们的人在是第一位的。希望你们安全地把我们所有的人一个不落地全部撤回来！有没有决心？"

"有！"

"好，行动吧！"

国资委的撤离紧急会议上，各企业单位群情振奋、斗志昂扬，让黄丹华等领导备受鼓舞。然而，此次央企在利比亚所遇到的困难远非几句豪言壮语就能解决。复杂而严峻的利比亚局势，加上突如其来的战争冲突和极度分散，平时彼此互通信息少等客观情况，增加了撤离的难度。况且各企业在自己的项目承包过程中，与利方的合同、协议也不尽一样，如今需要在异国他乡，听统一号令，使撤离行动步调一致，这是对在利比亚所有中国央企前所未有的严峻考验。

当时各地的情况是：

那些最先遭受冲击的企业，一夜之间，营地被洗劫，成百上千人的队伍或被赶出营地，正在四处逃亡的途中；或被激烈的武装冲突打散在互不知情的各处，躲藏在弹丸之地。

那些零星的施工点的营地，则完全失去联系，人员生死不知。他们有的因通信突然中断困在荒无人烟的地方，连外面发生了什么事都全然不知。有的小施工队则被好心的当地人抢先救到了自己家里和部落内，像突然从地球上蒸发似的几天不见影踪。

那些远离班加西、远离的黎波里的施工队伍，他们在炎热的沙漠腹地的工地上，听不到枪声，也见不到电视画面上的血腥镜头及卡扎菲与反对派相互之间声嘶力竭的决战誓言。当听到让他们立刻放弃好不容易投标获得的工程项目时，承包头儿不干，梦想到利比亚挣钱回家娶媳妇、供儿子上学的劳务人员更不干！

工人们抱怨："啥危险嘛，炸弹轰不到我们头上，子弹飞不到我们这儿，谁让撤，谁就先把我们的工钱和损失付了再说！"没听过枪声的哪知挨枪子的恐怖与害怕！不见棺材不掉眼泪者不是没有，再说中国人和平了几十年，谁见过啥是真正的战争、真正的动荡？

想要保命的人找不到逃命的路，不知危险迫近的人感受不到十万火急。这就是利比亚大撤离面临的困难和问题。欲将万人之心变成统一步骤、统一思想、统一意志的一条心，谈何容易！

"我们有党组织！我们有党员队伍！"国资委在危难时刻举起了只有中国才能举起的战斗大旗。这面大旗让世界上想看我们热闹的人感到不可思议！这面大旗使一切与中国友好的国家和人民感到亲切和敬佩。

不要以为利比亚大乱时，我们就没有了利比亚人民的友谊和帮助。

某工地遭暴徒袭击后，当地工友萨拉冒着生命危险，将19位被打散的中国工人救进自己的家里，让他们躲藏在自己家的一间小屋内。萨拉母亲不能与异教的男人生活在一起，便独自在家门口为中国工人守望，一天又一天。中国工人过意不去，执意要走。萨拉紧张得不知所措，担心地说：你们要出去，会被无耻之徒的乱棍打死的！怎么办？在谁都无法拿出解决办法时，仁慈的穆斯林母亲突然出现在19个中国工人面前，只见她双手捂在胸前，真诚地说：看在真主的分儿上，你们都是我的儿子，你们就安心在我家吧！19位惊慌失措的中国工人一愣之后，扑通跪到地上：妈妈，亲爱的妈妈，我们都是您的儿子！就这样，一道异国人、异教人之间的巨大难题以世间最温馨的方式得以解决。

一队正在胡姆斯铁路线基地工作的中铁工人，困在执政当局的军队和反对派武装之间，断粮断水，这可急坏了当地承包商瓦迪尔。他焦急地说："中国兄弟是来帮助我们的，如果他们没有吃、没有喝，真主不会原谅我们！"第二天，瓦迪尔叫上5位同乡，开了一辆卡车，每人端着不知从哪儿弄来的土枪与大刀，随着反对派的车队，冒着卡扎非军队的火箭炮与狙击手的冷枪，来回在胡姆斯城内的几个食品店抢购粮食与饮用水。当反对派的武装人员问及他们车上的食品为谁运送时，瓦迪尔勇敢地一手举枪，一手振臂高呼："为我们的真主！为我们的自由！"他居然用同样的方法，数次为被困的中国工人送粮送物，直到我驻利比亚使馆派人前来接应，瓦迪尔还把自己和朋友的毛毯分发给每一位中国工人，然后说："我在这儿为你们守着工地，等着你们回来！"

......

这样的故事还有很多很多，因为战乱散落在各个角落甚至丢失于荒漠的沙地里。

战乱是利比亚的客观现实，卡扎菲当局与反对派之间进行着生死决战，什么友谊啊、朋友啊，都管不了、顾不上了，甚至还不分青红皂白地凌辱和践踏人权，这就是战争和动乱的罪孽。

生命在战乱中显得异常脆弱。自 2 月 17 日班加西爆发全面反政府示威后，西方媒体已经在陆续报道。他们的记者通过现场摄像记录了一幕幕外国劳工在逃亡途中的惨剧：的黎波里机场聚集着近十万异国逃亡者，他们中有的人因无证件冲关而遭到枪击，有的人被挤压踩踏身亡，尸体被军警无情地拖出机场扔在野地里；利埃边境的口岸处，几名没有护照的埃及劳工企图冲关，与海关人员发生冲突，结果被军警当场开枪打死；班加西港口的海滩上，那些没证件又没钱的外国劳工为了抢搭开往欧盟某国的最后一班船，不是被船主推下甲板溺水身亡，就是跳进大海无力追赶撤侨船只而葬身鱼腹；更有甚者，一些阿尔及利亚劳工，既无钱买飞机票回家，又无"真主"前来搭救，于是只身徒步寻找回家的逃亡之路，结果在穿越撒哈拉大沙漠时永远地告别了家人……

干旱炎热的北非大地很少下雨，但 2011 年 2 月的中下旬气候异常，不停地下着雨，那是真主和上苍看着人间惨剧所洒下的眼泪，雨水落在沙漠土地上变成了血红颜色，令人心惊胆战。

现在，数万中国公民同在这片血水横流的土地上，他们接下去的命运如何？全世界都在观望，远在万里之外的祖国和亲人忧心如焚！

国资委的行动目标非常明确和斩钉截铁：全力配合国家撤离行动，确保所有我在利施工单位的人员全部撤离，平安回到祖国！

让一向标榜自己是"人权"救世主的某些国家见鬼去吧！每逢这等需要关切本国人民利益的最紧迫时刻，谁都不敢拿中国人的话来比作自己的行动目标。美国提出派飞机到利比亚接侨，卡扎菲说"不让美国佬进来"；英国首相不愿政府出钱撤侨，直向国民道歉；加拿大派飞机去几天降不下来，最后干脆打道回府……

中国企业和中国公民的大撤离就这样在利比亚全面开始，其战线几乎在利比亚的全境拉开，点和面多达数百个……如何使这些极度分散、从未经过特殊考验和组织的几万人集中统一行动？外交部和国资委都感到是空前的难题。

"我们央企是有传统的，而且训练有素。即使有天大的困难，也会听从上级指挥，统一行动。"国资委副主任黄丹华在谈及央企员工素质时，非常自豪和自信地说："利比亚事件出来后，国资委在落实中央精神时，非常明确地要求各企业单位，先要做好撤离方案，必须服从中央和前线使领馆的指挥，积极能动地发挥央企优势，在具体撤离时单位与单位之间要坚持互相帮助、以大帮小、以小助散的原则。各个单位在撤离时，要坚决做到群众先走、老弱病残先走、民工和最基层的先走，干部后走、党员后走、公司高层后走。这几条一定，队伍就有了主心骨。"

显然这几条都是我们党的传统。关键和紧急时刻，这种传统和优势是可以获得巨大成功效应的。

镜头之一：中土公司驻利总部营地

有一位干练的中年女同志，名叫赵淑华，她是"临时总指挥"。尽管这个职务没有得到组织任命，可同事们从心底里自觉自愿听从她的指挥。17、18、19日这几天里，的黎波里的街头越来越乱，赵淑华他们公司和其他驻利中资公司一样，头头们都回北京参加各大集团公司的年初工作会议。不想利比亚的战乱偏偏这时突起，群龙无首怎么办？

"咋办？先把家里的粮食和物资备好，他打他的，我们干我们的！走，买粮去！"赵淑华一挥手，第一个登上车子，身后跟着她的是五六个小伙子。他们驾着车，穿梭在的黎波里的大街小巷，见食品店、粮油店就进去，然后拉着满车食品，避开横飞而来的枪弹，躲过示威游行队伍的愤怒声潮，一次次在总部营地进进出出……

"老婆，我刚从中南海出来，中央已经决定要把我们的人全部撤出来！明天我跟刁立民就准备回来……"中土集团副总兼驻利比亚分公司总经理陈志杰从国内打来电话时，赵淑华已经带领小伙子们买回了堆得像小山一样的食品及各种生活物资。

"那你赶紧回来吧！这边使馆也通知我们准备撤了。"赵淑华一边擦着汗，一边回着电话。

"好，一会儿集团总公司还要布置任务，明天我就往回赶。"陈志杰并不知道在他第二天也就是23日上飞机后，我驻利比亚使馆便通知在利各单位：国内已派出首架包机前来的黎波里接人，凡是老弱病残、儿童及女同志一律先撤。

"我不撤！这个时候你们就不要把我当女人了！你们只要记住我一个身份就行，我是共产党员！"营地经理陈献民怎么劝赵淑华都不行，她就这么回答。

"使馆也不同意你留下！"驻利比亚使馆的王大使亲自来电催促。因为暴乱开始之后，妇女留下来后果不堪设想。

"咱中土公司在利比亚有三千五百多人，如果员工们一听老板把自己的老婆先弄回国了，不更急死他们吗？我要留下，大伙心底兴许踏实一点。"平时非常温顺的赵淑华，这回非常坚决。

"冒昧地问一句，王大使，你夫人走了吗？"赵淑华这回出招很绝。

王大使只得笑，然后说了一句："她跟你一样不听话了。"

赵淑华这回"不听话"，却让中土公司后来大获好处，数批从前方被劫工地逃到总部营地的员工，在后来的那些天里没有缺吃少穿，让同志们在风雨飘摇中感到了温暖与心静。

陈志杰是唯一一位参加22日的中南海国家撤侨应急会议的在利央企前线公司负责人。23日，他带着中央和国资委精神，与公司财务总管刁立民搭乘北京至土耳其首都的飞机，紧接着又从伊斯坦布尔坐航班飞向的黎波里。

陈志杰见到妻子说的第一句话就是"亲爱的，谢谢你"。

"当时机舱内只有5个乘客，3个外国人，加上我们2个中国人。"接受我采访的刁立民先生说，"我们回到公司驻利比亚营地后，发现才离开几天的的黎波里完全变了样。城里到处是枪炮声，我们的总部营地也完全成了'难民营'，几个遭抢工地的人员都在这里避难。他们要吃要睡，如果没有老板夫人提前带领总部同志购物买粮，后果真的非常严重。我和陈总回来一看，真的很感激赵淑华他们事先做的准备工作。"

在紧急召开的动员会上，陈志杰神情坚毅地说："同志们，从现在开始，我们的任务是全力组织好本公司19个大营地、四十多个工地的三千五百多名职工的大撤离，他们中间如果少一个人没回家，我都得跟你们急！我在此声明一下，如果大使馆和兄弟单位需要我们公司伸手援助，谁要是马虎半分钟，想少给吃的，哪怕是少给半袋食品，我也会跟你们急！先问一声我老婆，你说是不是？"

赵淑华拢了一下挡在额头的刘海，微笑着冲丈夫说："你回来了，听你的！"她的话让气氛紧张的分公司动员会着实轻松了一下。

"好，你马上备一份我们储粮的清单。"陈志杰朝妻子吩咐完后，对司机说："我们去一趟使馆……"

经历过海湾战争、具有丰富海外工作经验的陈志杰，以他参加过 22 日中央会议的特殊身份，在协助我驻利比亚使馆撤侨的战斗中，和他的公司作出了重要贡献。这是后话。

镜头之二：中水电集团东撤惊险一幕

"什么？不是说好了让我们东部的 976 人一起从海上撤吗？第一批只给 600 个上船名额？谁定的？"中水电集团利比亚区域党工委书记、总经理负亮刚刚离开的黎波里机场，他受我驻利比亚使馆委派，办好了国内派往利比亚的第一架专机的入境许可手续。半路上，他接到迈尔季项目经理刘玉飞打来的急电，信号时断时续极不好。

"是负责班加西一带协调的中建……"刘玉飞断断续续地报告说。

"奶奶的!"负亮心里暗暗骂了一句,这是他最怕的事。一个施工单位,如果不拆散,整队或撤或留,力量都是强大的,要是把100个人中的多数撤走了,留下的人风险是最大的。可这是命令,是整个大撤离的部署和安排,他能说什么?前来营救的船只有限,想早点撤离的单位和人员又多,谁先走谁后走,听指挥吧。负亮心里虽有火,却知道大使馆和负责班加西撤离协调工作的中建公司此刻肯定也是焦头烂额。

"告诉我们的人,上级的命令一定要服从。不是分配了600个撤离名额吗?赶紧组织他们迅速向班加西港靠拢。剩下多少人,是376人吗?"负亮问刘玉飞。

"我想增加4个撤离名额,我这儿有64位泰国和斯里兰卡籍的公司雇员,我们不能不管他们呀!我想让他们先从海上走。"刘玉飞请示道。

"很好,就这么办!"负亮说,"我们是中国公司,外籍雇员也应该是我们的人嘛!玉飞,你把要从海上撤离的人员迅速送到指定地点,然后马上回营地,听我消息!"

"是!"

这时班加西已经大乱,反对派控制了班加西,卡扎菲的地方政府已从班加西和东部地区撤走，肆无忌惮的卡扎菲扬言要派出空军炸平此地。局势恶化到每一分钟都有可能造成人员伤亡，给我方撤离行动带来无法想象的困难。

"现在只有一条路，冲出军事冲突区，向利埃边境撤！"贠亮向北京的中水电集团范集湘总经理报告，他看了一下手表，这个时候北京应该是 23 日的凌晨 3 点左右。

范集湘在电话里问："从迈尔季到埃及边境有多少公里？要走多长时间？"

"大约 500 公里，大多是沙漠地带。如果按正常情况，坐车四五个小时，可现在这一条线在打仗，我说不准。"贠亮回答得不大自信。

"听说国家领保中心已经停了那条线的撤离计划……"

"是。我们已经听使馆的同志讲了。"几百条人命，贠亮不敢擅自做主，令他更焦急万分的是，每往后拖一个小时，危险就增加了几成。一旦卡扎菲的飞机往下投炸弹，或者再遇暴徒袭击，后果将是灾难性的……即使这些因素都不存在，害怕和恐慌造成人心不稳，员工闹起来该怎么办？

贠亮在等范集湘的指示。他把手机一直贴在耳边，怎么没有声音？是断线了？他看看，虽然信号弱，但还是有的。

"范总？你在听吗？"贠亮提高声音，他真怕信号什么时候没了。

没有回音。

"范总，范总……"

"在呢！叫什么？"范总说话了。

负亮赶紧说："对不起。"

那边又没了声音，负亮觉得后背在冒冷汗。

"走这条路你有把握吗？"范集湘总算说话了，声音非常凝重。

"有！"负亮立即回答。

"好。就这么定了！"这回范集湘的声调变高、变清晰了，"有一条，如果这三百多人出了问题，你就准备好两口棺材。"

"有我一口棺材就行了，为什么是两口？"负亮被范集湘的话弄得有些发蒙。

"我的呀！"范集湘说完，就把手机挂了。

负亮突然发觉自己的额头在流水，是冷汗？他抬头一看，天在下雨，下得有点疯，夹着初春的寒气在下个不停……

见鬼，到利比亚三四年了就没见过雨星儿，这时下他妈的啥雨嘛。负亮突然想到了那些在枪林弹雨、风雨交加的班加西及其他地区的工友们。

负亮拿起手机，再次向刘玉飞询问让他最为担心的迈尔季营地，那里有两批往不同方向撤离的人。

"报告负总，准备从海上撤的 604 人，已经全部转移到班加西附近的 2000 套项目营地，只等营救的船到。营地上的这 372 个人怎么办？大家情绪很不稳定呀！怎么办？负总，得赶紧拿主意呀！"

"怎么办？你说怎么办呢？"负亮立即意识到自己不该发火，马上改了口气问，"玉飞，你不是说平时跟当地的部落关系不错吗？能不能从他们那里借点武装？"

"你是想让他们武装护送我们？"

"是这个意思。"

"这……这行吗？国内同意吗？"刘玉飞支支吾吾起来。

"你就别说国内了，眼下我们不是在国外嘛！"负亮直逼刘玉飞回答正题。

"借长老的武装应该没问题。不过，如果半路遇上老卡的军队咋办？"

刘玉飞提出的问题又让负亮暗暗吃了一惊："那就看你们的运气了！"

"那好！我马上去联系。明天一早队伍出发！"刘玉飞是个干实事的人。

"慢！有一件事你要做，马上在这支队伍里成立临时党支部，以应对万一……"负亮追加一句后才放下手机。

利比亚当地时间 22 日晚十一二点钟，迈尔季工地上的零星灯火忽明忽暗，中水电二局迈尔季项目经理、临时党支部书记刘玉飞召集几位骨干开完会，分配完任务，准备前去找当地的联络官麦收先生。

"怎么，你们不走啦？"匆匆从家里赶来的麦收先生身上还穿着睡衣。他从车上下来，见工地上还有黑压压一片中国人，奇怪地问已同他建立了深厚友情的刘玉飞。

"班加西的船我们上不去了，准备从埃及边境出去。"刘玉飞告诉他。

"不行！贝达和图卜鲁格那边打得比班加西还厉害，你们去后都会被……"麦收一听就急了，他用手在脖子上抹了一下，意思是走埃及边境线，有被枪杀的危险。

"我们只有这条路可走，而且明天必须出境！"刘玉飞随手将两个纸包塞给麦收，"我这儿的372条命都交给你了！"

麦收一看纸包里装的是美元，紧张得直往后跳了几步："不，不，刘先生，我们是朋友，你们中国人都是我们的朋友，我不能要你们的钱！"他要把钱塞还给刘玉飞，"你们有什么忙我一定帮，不要报酬！"

"这个一定要拿着。请你帮我们找三四十个武装人员，随我们一起到边境。"刘玉飞按住麦收的双手，解释说，"你比我们更熟悉这里的长老，到时候需要这个。"

麦收明白了："那我马上去联络。"他刚要走，见一旁有数名工人忙着改装车子，便对刘玉飞说："我去找朋友帮忙，给你们弄面包车来。"

"好，我们做两手准备！"刘玉飞看着麦收消失在夜幕里，立即让几个应急指挥小组的负责人分头去告诉所有人员准备天一亮就上路。

"负总，我们的人都上车了！可以走了吗？"相隔四五个小时后，刘玉飞再次向在的黎波里的负亮报告，等待中水电集团公司驻利工程最高指挥官的命令。

"天气怎么样？"负亮在那头说，"的黎波里这边正下着大雨……"

刘玉飞一边抹了把脸上的雨水，一边看了看天说："估计这里的雨不比你们那边小。"

片刻，那头的负亮瓮声瓮气地说："玉飞，你给我听着，要是有人端着枪堵路不让走，你就命令我们的人，破财免灾，劫匪想拿什么就让他拿！身外之物丢就丢了，回国后我给他们补！集团给他们补！千千万万把命保住，比啥都重要！"

"明白。"

"还有一件事：中建公司有9名技术人员，他们没赶上撤往班加西港口的大部队，想跟你们一起走。看看能不能带上他们。"

刘玉飞沉默了。车子是提前按人头租来的，现在多9个人，大家要挤一挤了。关键是有人一听是中建公司的人，就火冒三丈："他们不让我们上轮船，凭什么我们要管他们的人？"

"都是中国人，让他们来吧！"刘玉飞瞪了一眼那位说闲话的工友，这样回答负亮。

"好。现在你们马上行动！记住，每隔一小时给我报告一次！"

"是！"刘玉飞转过身，看到中建公司的9名技术人员到位后，便朝排列得整整齐齐的44辆面包车车队凝视了一眼，然后猛地挥动了一下右胳膊，大吼一声："出发！"

于是，大地轰鸣，车轮滚滚。蒙蒙春雨中，撤离车队向利埃边境的沙漠驶去……

"每一辆车上，都有一位当地的武装人员为我们押护，他们个个神情威严地端着枪在车前的窗口站着，刺刀露在外面，在雨中闪着道道寒光。往后看去，我们的车队浩浩荡荡。可是我们的前方呢，则传来阵阵枪炮声……其情其景，我一辈子也忘不了。"中水电二局贝达六〇八套项目经理杨学良回忆当时的情景。

战争是恐怖的，那是一种生命会随时消失的恐怖，深入骨髓。

中水电公司的撤离车队刚刚离开迈尔季工地不久，就发现路边突然拥出一批利比亚人，武装人员立即举枪瞄准对方，首车的指挥员在对讲机里紧张得连喊着"坏了，坏了"！车队撤离总指挥刘玉飞一听差点魂飞魄散："到底出啥事了？快报告！"

"是……是利比亚人在路边……"

"在路边干吗？快说！"刘玉飞急死了，一边命令自己坐的那辆车上的工人趴下，一边催促前面报告情况。

"没事了，是我们的朋友，他们是来欢送我们的，举着标语和旗帜。"前面报告。

"嗛！"刘玉飞一下双目紧闭，又突然睁大眼睛，冲车厢内叫了一声："没事了！起来吧！"

"到……到底出啥事了？"坐起来的工人们纷纷往车窗外望去，原来路的两旁站着不少利比亚人，他们或举着标语，或在向中国车队招手。那些标语里有用中文写的，所以中国人能看得懂："欢迎你们再来！""你们是利比亚的朋友！"

虚惊一场的人们顿时情绪轻松和活跃起来，工人们纷纷打开车窗玻璃，向他们熟悉和不熟悉的利比亚朋友招手致意，有人甚至高呼："我们会回来的——亲爱的穆斯林朋友们！"

我们真的能回来吗？真的想回来吗？车队里的 381 名中国人，此刻谁也不敢去想这样的问题，他们一心想的是如何逃离战乱四起的地中海南岸，回到自己温暖可爱的祖国。

长长的车队，在暴雨中驶出迈尔季，又过贝达，再经德尔纳，直抵图卜鲁格和坎布特……于当日天黑之前到达了利埃边境的萨卢姆小镇。

"负总!负总!我们成功啦!我们已经到达了萨卢姆,这里距埃及边境就撒泡尿的工夫!"刘玉飞跑到最前面,踮着双脚往东看了一眼,马上给的黎波里报告道。

不想远在千里之外的顶头上司负亮不仅没有表扬他,反而劈头盖脸地将其臭骂了一通:"你他妈的怎么回事?你怎么现在才打电话来?你再不打电话来,我就要跳地中海了,知道吗?"

刘玉飞一边笑一边直抱歉:"没有信号,根本打不出去!现在好了,这里可能是埃及来的信号,清楚了吧?"

"别给我废话了。马上组织出境!"负亮还在生气,不过他的语气变了许多,"喂,一路挨枪子了吗?"

"还好,除了五六次被叫下车检查外,算是顺利吧!"刘玉飞不想把一路上一箩筐提心吊胆事说给老板听,关键是他和他的队伍——381人(包括中建的9人)已经脱离了困境。这比什么都重要!

放下手机的刘玉飞没有想到,在出关时他差点急晕了:381人,无人有出入境证件!

"这怎么行,你们不能过!"利比亚边境人员直摇头。

"我们是逃命到这儿的,护照和身份证都被人抢走了,哪还有什么证嘛!"好不容易撤离至安全地带的中国工人们有些愤怒了。

"这是国际惯例，不是我们想为难你们。"海关人员坚持不放。

人在的黎波里的负亮向驻利比亚使馆汇报后，又将求助电话打到了外交部领保中心。

"我们马上联系驻埃及使馆前方工作组，他们将为你们当中的无证人员办理紧急证件。"领保中心联络组的同志不假思索地回答。

很快，凭着一张简简单单的《回国证明》，中水电的381人走出了水深火热、生死难卜的利比亚，成为真正意义上第一批从陆路撤出的整团队伍。

这是在北京时间24日零时左右。此后，东线从陆路向埃及方向的撤离因利方边境关闭陷入瘫痪而停止。

镜头之三：女将挺身独行打通拉斯杰迪尔通道

拉斯杰迪尔是利比亚与突尼斯边境上的一个口岸，如果不是这场大撤离，此地根本无人知晓。我找遍了利比亚与突尼斯两国各种版本的地图，也没有找到"拉斯杰迪尔"几个字，它实在太小，又处沙漠腹地，是两国边境地区的一个小口岸，平时谁都不想花钱去建设它。突尼斯总统本·阿里当政几十年里和利比亚领导人卡扎菲之间的"兄弟情谊"，是当面一套背后另一套的关系，双方民间来往也不多。利比亚这边还有一排像样的房子算是个边境口岸。突尼斯那边就拉了几道铁丝网，旁边搭了几个草棚子，住着几个边防武装人员和几个盖盖章、查查护照的海关公职人员。

在 2011 年 2 月下旬的十几天里，这里却演绎了一场惊心动魄、轰轰烈烈的逃亡大战。这场边境大逃亡中，据说死伤人数不亚于利比亚某个中等城市的战争伤亡人数。拉斯杰迪尔的死亡者绝大多数是外国侨民，他们中有的是被当地警察和武装人员打死的，也有饿死冻死的，还有一些死于心脏病突发或其他疾病。军警同样有伤亡，他们是在与外国侨民的冲突中被打死的。总之，在利比亚战乱的那些日子里，说拉斯杰迪尔口岸是个"死亡之地"一点也不为过。

北京时间 22 日下午，也就是利比亚当地时间的 22 日中午，我在利施工单位多数已经接到国内命令他们撤离的通知，知道从埃及陆地边境已无法撤离，唯一的陆路撤离通道只有利比亚和突尼斯边境！

拉斯杰迪尔一夜之间被中国和世界所关注。

最近的一个中资公司离拉斯杰迪尔只有七十多公里，的黎波里到这里也就二三百公里。如果以拉斯杰迪尔为顶点，从东向南转一个 90 度角，500 公里轴长范围内，我中方人员超过万人，这就是说，除去海上和空中营救外，拉斯杰迪尔是中国撤侨行动最理想的地方。

"必须坚决打通拉斯杰迪尔！"中国政府派出的第一个特别行动小组登上飞机的第一时间里，黄屏他们便将很大一部分注意力聚焦于此。

与此同时，国资委领保中心的指令也到达的黎波里西线的各施工单位。最先遭受当地暴徒攻击、损失最惨重的祖瓦拉工地上是中水电公司下属中南院的队伍，负责人李勇在22日接到国内撤离指令后，当晚向全体人员进行了战斗动员。

"回家了！总算可以回家了！"已经在自筑的"围城"内抗击了两天两夜的职工们听到撤离的消息，可谓奔走相告，全体出动。这一夜他们无人睡觉，他们有太多的事需要做，一半以上的人参与将公司的各种车辆改装成运人的防暴车；一部分人收拾工地，将那些重要的装备埋的埋、转移的转移，尽可能与当地的业主和长老签订看护协议；另有一批人则被派出去同当地各派武装协商帮助护送事宜……

这一夜，所有人的脸上都没有笑容，只有从内心浮现出的忐忑不安。明天的命运如何？明天能不能走出利比亚？虽然祖瓦拉到边境口岸拉斯杰迪尔仅有七十多公里，但这七十多公里的地方当时已经成为军队捍卫卡扎菲政权及反政府武装进攻的黎波里的关键地区。在祖瓦拉一带，当地的暴徒和部落武装乘机浑水摸鱼，企图大捞一把，视拥有庞大装备和物资资源的中国公司为他们袭击的主要对象。

中国人处在最危险的境地。

"同志们，我们的队伍真的处在生死关头，现在是考验每一个人的严峻时刻。你们5位，都是火线要求入党的同志，我代表项目区的临时党支部，宣布同意接受你们的入党申请。现在，请你们跟我一起宣誓……"在一辆刚刚改装好的汽车前，党支部书记李勇举起右臂，对着一面挂在车厢板上的红色党旗，开始宣誓：

"我志愿加入中国共产党……"

"我志愿加入中国共产党……"

"随时准备为党和人民牺牲一切……"

"随时准备为党和人民牺牲一切……"

"宣誓人：高晓林。"

"宣誓人：倪德祥。"

"宣誓人：吉建福。"

……

高晓林是位女同志，但此刻她与所有准备撤离的女同志一样，早已把一头美丽的秀发剪得跟男人似的，甚至连身上穿的都是男人的衣服。这是行动的需要，女人在战乱时最容易被袭击，当地的暴徒们在实施抢劫和武装袭击中，对待外国女人的行径令人发指。

"同志们，现在你们就是党的人了，所有的誓言，将在撤离行动中接受检验。带上我们的队伍，出发吧！"

天色微白，晨曦刚从雨雾中透出一丝光亮，李勇就向高晓林等下达了行动命令。

这是当地时间 23 日清早，喜欢白天睡大觉的利比亚人似乎被昨夜的种种疯狂拖疲了，正在深睡中做着自己的各种美梦与噩梦。此时，一支由近百部车辆组成的庞大队伍正悄悄地朝利突边境驶去……打头的车上正坐着中南院利比亚公司总经理李勇，他的身边是一位穿着穆斯林衣服的利比亚人。

"怎么没找带枪的给护卫呀？"有人悄声问李勇。

"这是临时的决定。你没注意？我们现在走的这条道通常没人走，这是请的向导……"李勇指指身边的利比亚友人。原来，公司昨晚在制订行动方案时，准备请当地的部落武装帮助，但后来发现不行。七十多公里的地段上，已经有好几派势力在角逐，请了谁都有可能带来更多麻烦，于是撤离指挥小组临时改变计划，找了几位当地向导，开辟出一条较为偏僻的路线。

李勇他们想得简单。如此庞大的车队，只要一发动机器，可谓惊天动地、浩浩荡荡，怎能不惊动那些睡梦中都想借动乱和战争之机发横财的心怀鬼胎的歹徒呢？怎能不惊动敌我对峙中的军队和反政府武装呢？于是，"停下！停下""检查！检查"，成了李勇他们七十多公里行程中一次次噩梦般的经历。

"中国人？你们中国人是我们的朋友，我们的房子还没有盖好，你们就要走了？"当局的军队拦住他们时，这样盘问。

"中国人？你们中国人为什么到现在还不公开支持我们？你们为什么在联合国投反对票？"这是反政府武装的盘问。

每一次不同的盘问，都伴随着黑洞洞的枪筒子。回答有少许失误，引来的便是"嗒嗒嗒"的子弹。谁见过这等世面？于是车队里有人吓哭了，有的则身不由己地瑟瑟发抖……带队的李勇等干部们没有发抖，还有高晓林等党员和预备党员们、共青团员们没有发抖，他们镇静地回答一次次盘问，并且协助向导一次次化险为夷。

如长龙一般的撤离队伍继续艰难地向边境驶去，风格外地大，雨水打湿了沙地，将一车车头颅暴露在外面的中国人浇得湿淋淋的。远处闪动的炮火、近处震耳的枪声，一起提醒着、催促着这支时而迅疾时而缓慢的中国撤离队伍。

"到了！拉斯杰迪尔到了！"向导最先指给李勇看。是到了，李勇看到了眼前那个黑压压的、喧嚷异常的地方——利比亚边境口岸拉斯杰迪尔。

"通知后面的队伍，车停，人不要下！"

"停车，人先不下！"

　　一声令下，长长的车队整齐地排列在距口岸几百米处，很是庞大和壮观。李勇他们很快发现，比起口岸那里乱哄哄的几万难民，他们其实只能算是"一小分支"。

　　"去探探，看怎么出境。"李勇话音未落，就有几个年轻人冒雨向口岸奔跑。他们的身后，是数不清的伸长脖子在期待的人头，实为一幕少见的奇景！带着寒意的风雨，吹打在一张张脸上，李勇看了很是心酸。不过，很快他就平静了，因为就在他前面不远的地方，横七竖八地躺着无数让人触目惊心的尸体，他们都是逃命的其他国家难民，被扔在堆积如山的垃圾里……

　　拉斯杰迪尔口岸现在已经是人间地狱，可这才是开始，越来越多的难民正在不停地往这里拥，包括中国人。

　　"不行啊，李总，我们根本进不去。许多其他国家的难民跟我们一样，都没有带护照，口岸的警察不让出去！"从口岸探情况的人回来报告。

　　"糟糕，我们的护照都是集体保管的。跟他们说说行不行？这都是他们打仗造成的，责任不在我们。"李勇说完后，又派出几个懂阿拉伯语的小伙子往口岸跑。

　　"李总，我也去！"高晓林前来请战。

　　"不行，你是女的，危险。"李勇不同意。

　　"我在祖瓦拉认识人多，说不定口岸上有我熟悉的人。再说，你看我现在哪一点像女的嘛！"高晓林犟劲上来了。

李勇上下打量了她一番："好吧，注意安全。"

"没问题。"高晓林像飞燕似的消失在雨中。

拉斯杰迪尔口岸的混乱状态是高晓林没有想到的，她在利比亚工作已经 3 个年头，用她自己的话说，每年都是三百多天待在那里。她在公司负责与当地各种机构联络——"人头熟，走在祖瓦拉街头，许多人认识我。"高晓林凭着这层特殊优势，走进拉斯杰迪尔口岸海关大厅——一间近百平方米的屋子。可就是这么一个小地方，高晓林费了九牛二虎之力才挤到办手续的海关人员面前。

糟糕，没有一个熟面孔！正在高晓林焦虑不安时，突然听到身后有几个中国人的声音在吼叫："为什么不让走？是你们的人把我们的护照抢走的！"

"不让走就是不让走！把没有证件的人都赶出去！"一个头头模样的利比亚警察挥动着手枪，用阿拉伯语说着，立即就有一群警察挥舞起警棍，朝那几个想过关的中国人劈头盖脸地砸去……

高晓林痛苦地闭上双眼，她想上前劝阻，可又觉得势单力薄。当她再睁开眼时，见那几个中国人头上已满是鲜血，正被另外的中国同胞扶出海关大厅。

就在此时，大厅里又像涌起一股翻江倒海的巨浪，上百个非洲籍难民冲向出境口，企图借势过关。更多的警察和军人如饿狼般从四面八方扑来，鸣枪的鸣枪，舞警棍的舞警棍，遭受袭击和痛打的难民抱头惨叫、四处逃窜。场面混乱凄惨，让高晓林目瞪口呆、心惊肉跳。

怎么办？看来没证件真的过不了关。"走，我们回去！"高晓林叫上司机，回到了自己的车队那儿，向李勇等领导作了汇报。

"看来只有派人到的黎波里把放在总部的护照取回来，否则谁也过不去！"李勇跟中南院的几位负责人这么商定。从边境到的黎波里近300公里，几乎全线都处在当局军队与反对派的混战中，去一趟可谓九死一生，这么危险，派谁去呢？

"我去！"

"还有我！"

李勇一看，是与高晓林一起火线入党的倪德祥和吉建福两位年轻人，心头一阵热乎。

"来。"李勇一手搭着一人的肩，将这两位年轻人拉到一边，以少有的语气叮嘱道，"你们都看到了，咱院里近八百人，能不能出去，全靠你俩了！"

"李总放心，就是上刀山下火海，我们也要把护照安全取回来！"倪德祥和吉建福保证道。

"这话我爱听！"李勇用力地拍了拍俩小伙子的肩膀说，"一句话，只要不把命搭上，其他的法子都可以用！"说着，他让管钱的财务拿来几包现金，分别塞给倪德祥和吉建福。

"分着放，更安全！"李勇让高晓林帮两位出征勇士仔细检查了"装备"，然后将他们送上车。为了保险，李勇派了两位与中方关系非常不错的利比亚籍司机同往。

这是一次漫长的等待。李勇几乎每十分钟要看一次表，每十分钟要望一眼的黎波里的方向……

联络的讯号时断时续，多少次李勇气得把手机摔在地上，然后又换了同事的手机再打。通了，可一会儿又断了……一旁的高晓林把这一切都看在眼里，她知道此刻领导心急如焚。

"我们还能不能回家了呀？"

"快让我们下车吧！"

"我要憋死了，我不想活了……"

车队开始躁动，有人哭喊起来，有人干脆从车上跳下来，在沙地里疯跑。

无论李勇等干部如何跑前跑后做工作，队伍依然处在随时爆发骚乱的状态。

"看，他们回来啦！"突然，一辆打着灯的车子朝李勇他们的车队疾驶而来。高晓林第一个认出是倪德祥、吉建福回来了！

"拿到护照了没有？"

"拿到了！都在包里……"倪德祥一边喘着大气，一边和吉建福卸下肩上的两只大布包。

"是护照！"高晓林眼疾手快地打开包，拿出一大把护照，奋力地在工友们面前摇晃起来。

"拿到了。"

"我们有护照啦！"

工友们顿时欢呼起来。

"小高，先去关卡探路试试看。"李勇吩咐道。

"要得！"高晓林平时就像个假小子，性格活泼，办事果断，这回她可是用上了。

"不行，还是不能放你们！"利比亚海关人员翻来覆去地看着一堆"中华人民共和国护照"，然后毫无表情地扔还给了高晓林。

"为什么？"高晓林高叫了一声，眼泪夺眶而出，"你们不是故意为难我们吧？我们中国人不远万里来到你们利比亚，给你们盖房子、修铁路，哪一点我们做错了？哪一件我们不是在为你们服务？你们怎么能这样对待我们呀……"

利比亚海关人员被高晓林的哭喊感动了，终于说出了真实原因："你们的护照没办出境签证手续！"

"我的天！"高晓林差点晕倒，可不是嘛！

"可……可这能怪我们吗？"高晓林突然反应过来，追着一个海关负责人说，"你们办签证的人都不知跑到哪儿去了，难道这也要我们负责吗？"

"这个我们不管。我们是边境海关人员，你们要出境，就必须有签证手续。这不仅是对你们中国人，所有想出去的人我们一视同仁。"那个海关负责人冷漠地说了一句后，扬长而去。

"你们怎么不讲理啊？"高晓林跺着脚叫喊。

没有人跟她讲理，更没有人理会她。高晓林流下两行委屈的泪水、愤怒的泪水。在地狱般的拉斯杰迪尔，眼泪和鲜血算什么呢？委屈和愤怒一点用都没有。

"小高，怎么样了？过得去吗？"手机不停地响起，是李勇在催问。

高晓林立马清醒过来，用衣袖抹了一把泪，答道："还不行。"

"什么问题？"

"他们说我们的护照没办出境签证。"

"奶奶的，亏他们想得出！我们上哪儿去签狗屁证！"李勇在骂人，"他们的总统老卡整天像缩头乌龟东躲西藏，我们到哪儿去找政府部门办签证？"

这是事实，是明摆着的事儿，可口岸的海关人员从国家利益出发，需要逃难者出示相关的出境手续也算是忠于职守。问题是这个当口，应该变通一下，利比亚全民都在打仗，每一分、每一秒都会把无辜的外国人卷入其中，轻者财物被洗劫，重者丢了性命。换了谁都会怒火冲天，破口大骂。

高晓林虽是个女子，但她也想骂，骂那些手持冲锋枪的军人，骂那些不干人事的海关人员，骂利比亚这个国家——要不是你们自己人跟自己人打起来，我们这些背井离乡来为你们修铁路、盖房子的中国人，能受这等惊吓与屈辱？

骂能解决问题吗？只能让人失去理智和头脑。

"李总，我看出点名堂，这里放不放人关键是当官的说了算，只要做通他们的工作，我们就有希望。我想去闯一闯他们的'阎王殿'！"高晓林向李勇请求。

"行吗？"李勇有些不放心。

"试试吧。"高晓林心里也没有多少底，但试总比不试要强。

"可你是个女的……"

"都什么时候了，哪还有什么女的男的！把事办成就是硬道理！"高晓林为了让领导心里踏实一些，口气很硬。

面对波涛汹涌的人海和一群无头苍蝇一般的难民，高晓林毅然决然地背起包，挤进臭气熏天的人群，往海关头头办公的地方走去。

"站住！"几支冷冰冰的枪筒顶着高晓林的鼻子。

"我是来找你们的头头的。"高晓林神情自若地微笑着，手里晃着印有中华人民共和国国徽的护照。

枪口从她的鼻子处移向她挎着的包。

高晓林迅速反应过来，随即从肩上卸下挎包，拉开拉链，故意露出一些美金现钞。她抬起头时，见几个持枪士兵的眼睛在放光。

"给！"高晓林是有备而来。

黑洞洞的枪口不再对着她，换成了微笑的"请"。

高晓林见到了海关关长。她知道见当官的，必须讲道理，必须让对方明白道理，必须让对方在道理面前理亏。她滔滔不绝地来回讲为什么中国人的护照没有办签证手续，为什么他们就应该可以凭护照出境。道理对方是明白了，但心里明白嘴上装糊涂。你装糊涂我就再给你讲明白，一次不行两次，两次不行再讲第三、第四次……直到你没办法再装糊涂。

其实对方早就明白，问题是他们内心现在也很纠结，纠结得冒火。他们也恨卡扎菲总统——治理国家几十年了，弄得一团糟；对于反对派，他们同样痛恨，担心局势乱下去会丢了海关这份好工作，担心家里人没办法再过安宁日子。

高晓林像个心理学家，帮着海关关长解开心头的纠结，推心置腹地讲中国人的难处，讲他们的思乡之情，讲利比亚人和他们之间兄弟般的友情，讲得口干舌燥，热泪盈眶。高晓林的神情时而愉悦，时而真诚，时而伤感，深深打动了海关关长，他哭了，说中国人好，是朋友。好了，我同意了，你们可以走了！

高晓林一听心都快跳出来了！她不动声色，一边平静自然地道谢，一边拉开背包的拉链，从里面拿出一沓美金递过去……

道理说通，钱给到位，事情就好办了。高晓林的护照上被盖了 3 个章，这 3 个章不是所有的人都能盖得到的，它可以使高晓林随时进出利比亚，她是当时唯一可以自由进出利比亚海关的普通中国人，享受着外交官的待遇。

高晓林成了拉斯杰迪尔口岸上的"独行侠"，为日后营救中国同胞提供了力所能及的帮助。

"把所有人的护照集中起来，交给小高他们。"李勇吩咐各小组负责人，迅速集中了全体人员的证件，交给高晓林等人去办出境手续。

高晓林背的还是她那个挎包，但感觉分量很不一样——这事关系着 800 名同事的身家性命和前途命运，牵系着他们身后几千甚至几万亲人家属的殷切期盼。

与高晓林同行的还有两位小伙子，他们此番行动是要到 3 个部门完备手续。手续并不太麻烦，但每个地方都要盖那么多章，可不是轻松的事。此时已是 24 日凌晨 2 点多，利比亚拉斯杰迪尔口岸疲惫不堪的值班人员一个个无精打采，没责任心的就去睡觉了，往往是进了门找不到人，要么就挂出"暂停不办"的告示。

"求求帮个忙。"高晓林沉稳的耐心发挥了作用。

利比亚人有的可恨，更多的利比亚人是可爱的。他们一旦答应了你，就会非常热情地帮助你。几个警察满头大汗地帮着高晓林盖章。"我的胳膊都抬不起来了！"他们一边流汗，一边笑着说"你们是中国人，我们很友好"之类的话。

移民、通关、出境安全3个部门的手续全部办完。

现在唯一的任务就是把人组织好，走出利比亚！

怎么走呢？口岸里里外外早已人满为患，挤得水泄不通，高晓林他们的队伍以单个排列得三四百米长，想一次性通关的可能性基本不存在。

李勇等人看到现场的状况忧心忡忡，他们担心会出问题。所有难民都归心似箭，假如他们看见利比亚人放中国人过关，却拦阻他们不让走，几万人一旦闹起来，谁都走不了。

分析完这种可能性后，大家顿时冒出一身冷汗。李勇建议说：最好给我们单独放行的"绿色通道"。主意虽好，可利比亚口岸的工作人员同意不同意呢？

"再去试试吧！"高晓林说。

"李总，你们先把队伍组织好，每50人左右一队，排好后等我消息再行动！"高晓林说完，又跑步折回口岸。

"大家注意了——下车后每50人一队排好，我们马上要出境了！"李勇的手下纷纷行动起来。这会儿中国工人们动作之快、行动之统一，好像都经过了军队式的训练。这完全可以理解，因为他们盼望离开生死之地的心情太迫切了，他们现在的行动从某种意义上讲，都有些机械式的，而此时李勇他们所希望的也正是这种效果，否则会出大事，即使出小事也会引发大事！

此时此刻，像邱少云伏在草丛里任凭烈火烧也要遵守纪律一样的理念，在每一个到达拉斯杰迪尔口岸的中水电中南院的同志们心目中一样坚定。

等待吧，等待逃离苦难与要命的利比亚！等待吧，等待早一刻回家拥抱自己的亲人……李勇的队伍排列得整整齐齐，甚至一动不动，只有一双双眼睛在闪动，闪动中有泪水的光芒。

"行了！他们同意为我们专门开辟一条特别通道。"高晓林再次回来，报告一个好消息，"但有个条件，每一次开通必须在十分钟之内完成，海关人员说否则他们无法保证海关大厅的秩序。"高晓林补充了一句关键的话。

"我先带第一方队出去！"高晓林现在完全成了一个"突击连连长"。"李总，第一方队的人需要调整一下，相对要精干一些的，这样会给利方海关留下好印象，下面我们就好走了！"她对李勇建议道。

"好主意!"李勇立即采纳,"马上行动!"排列的队伍里迅速作了若干调整。

第一方队加高晓林等几个"先遣队员"共54人组织完毕。

"可以出发了!"李勇看了看自己的工友和同事们说。

高晓林没有说话,一挥手,自己走在最前面。迎接她的是雨中沉沉的夜色,她知道前面是一场未知的特殊战斗。她听到身后不停有"跟上""快跟上"的悄悄说话声,她觉得那是对她下达的无声命令:高晓林啊,你得把我们带出去!

高晓林的步伐从来没有如此坚定而有力!

到了,一队整齐有序的中国人到了海关大厅。其他成千上万的外国侨民还没有反应过来,只见拉斯杰迪尔口岸的安检口,一群荷枪实弹的军警迅速列队排成两行,中间让出仅可通行一人的通道。

那一瞬间,高晓林让所有准备通关的同事们拿出护照:"翻到空白页,再举起来。"这个动作是她临时加的,目的是在通关时让海关人员盖章更加便捷。

"走!"高晓林在获得海关人员点头首肯之后,立即发出命令。

安检开始。

"一……二……三……四……"

第一批54个全部通过!

高晓林见最后一个人盖章走出安检通道后，又迅速带领队伍朝前走——那是口岸第二道关口：移民关卡。

所有动作依旧，全部通过！

依然是高晓林带队，走向最后一道关口——出境海关。

"快……"

"李总！我们全部通过啦！"高晓林激动地看着自己的第一批队伍顺利通过 3 道关卡后，一边指挥同胞们往突尼斯方向奔跑，一边用手机向李勇汇报。

"我们出关啦！"

"我们成功啦！"

这首批 54 名同胞激动得边跑边喊，像从地狱逃出来获得重生一般，又是欢呼又是跳跃地向前奔跑。

雨水、泪水交织在他们的脸上，把几天来所有焦虑、痛苦、恐惧的表情全都换成了一张张幸福、快乐、兴奋的笑脸。

最高兴的自然是高晓林了，也不知她哪来的劲头，竟然从最后一个又跑到了最前面去了……

"快走——前面有我们的人！"她高喊着指挥队伍向前。

"快看呀，我们的国旗！"突然，高晓林看到了突尼斯闸口有一面鲜艳的五星红旗在迎风招展，在向她和同胞们招手致意。

那一刻，高晓林疯了，所有从利比亚撤离出来的中国人疯了！

"国旗！"

"我们的国旗！"

无法想象此刻我们的同胞看到自己国家国旗时的心情。"这种心情在平时、在国内是体会不到的。"那次大撤离中的许多人都这么对我说。

高晓林说，她的双脚踏进突尼斯土地时，腿都软了，对面有两个人迎上前搀着她，一左一右架着她走，但她的双手却伸向了那面迎风飘扬的国旗……

"当我抓起国旗的那一刻，我哭了，哭得很伤心……像孩子见了母亲那样，似乎有倒不完的苦水，泪水里既有幸福也有伤心。许多走出利比亚的同胞都和我一样，过去抚摸国旗，心情久久不能平静。"

……

"同志，你们是哪个单位的？"

"那边口岸的情况怎么样？"

前来迎接高晓林他们的是我驻突尼斯使馆的武官秘书王一川和新华社记者老康。"我们已经在这儿等你们十几个小时了，使馆一直在焦急地等着口岸的情况，快说说。"

"我们是中水电的……"高晓林刚开口，突然她背后响起一阵枪声，是从拉斯杰迪尔口岸传来的。

"不好！一定出事了！"高晓林猛地扒开挡在她面前的王一川和老康，拼命地向利比亚方向奔跑，一边跑，一边口里喊："拜托你们把我们的民工带回家！"

雨，不停地打在高晓林的脸上，像子弹一样打得生疼，可高晓林觉得这些子弹般的雨点是打在她心上……她的心揪在一起，快喘不过气来。

她不知道自己是怎么跑回拉斯杰迪尔的——从突尼斯边境闸口到利边境口岸约两公里路程。

才十几分钟时间，眼前拉斯杰迪尔口岸的情况让高晓林直想哭……她领第一批人员过境后，第二批人员正在过关，突然队伍里拥进一群陌生面孔，他们也是中国人，这下乱套了！一边是整整齐齐排队进入关口的中水电员工，另一边是不知哪个单位的中国人，他们之间争吵起来，互不相让。

这一幕让利比亚口岸的海关人员和军警发现了，他们不知发生了什么事，见有人在关口争执，立即鸣枪。这一鸣枪不要紧，海关大厅内外哭声喊声混杂在一起，顿时一片大乱。

此时，军警们不得不用枪说话。子弹如鞭炮一样又脆又闷地乱响，惊得手无寸铁的难民们四处逃窜。

骚动好容易平息，但那条专为中国人开通的特别通道被无情地关闭。

"不能开了！是你们不遵守纪律。"拉斯杰迪尔的最高长官——那位上校先生面带愠色地冲高晓林说。

"是我们的错！是我们不该乱来！可你知道他们也都是中国人，他们也都有自己的妻子、孩子，他们也想回家呀……"高晓林一听人家这么说，不知哪来的委屈，她再也无法控制自己的情绪，号啕大哭起来。

在利比亚高晓林的泪水特别多。"我平时不会哭，同事们说我是个泪腺不发达的女人。可不知怎么搞的，那天我在利比亚人面前哭得完完全全是个女人了！"高晓林事后这么说。

硬汉子通常见不得哭鼻子的女人。上校先生被眼前这个中国女人的眼泪感动了："OK！OK！你们可以通行了！"

"真的?"高晓林立即停止了哭声，怀疑地看着利比亚人。

"真的，我们重新给你们开通绿色通道。"利比亚上校对中国女人说，"但你们必须保持秩序！"

"行！保证！"高晓林带着振奋人心的消息回到自己的队伍前。她向李勇总经理建议，为了确保秩序，派6个身强力壮的人帮助利方海关人员维持出关队伍的秩序。

"可以。"

队伍里迅速出来6名精干的汉子跟在高晓林的后面，现在要做的是清理有可能混入他们出关队伍的另一个单位的同胞。其实这是难事，手心手背都是肉啊！

高晓林的双腿突然被几个中国人抱住，他们跪在地上乞求她："救救我们！""带我们一起出关吧！我们也是中国人呀！"

高晓林的心一下又酸又软，是啊，他们也是我的同胞，也是中国人呀！她的心碎了……

不能心碎，更不能心软。高晓林及时清醒过来，理了理思绪，俯下身子把几位跪在地上的同胞扶起，对他们说："你们快起来，我一定会带你们出境的！可你们刚才插队的行为绝对不能再出现了，如果再发生，我们谁也出不去了！那时将会有很多中国人死在这里，你们说是不是?"

高晓林的话那些中国同胞听懂了，他们开始自觉地退让到一旁。

"快！快快快！"特别通道重新开启。高晓林单位的人员被排成6个方队，每个方队分成50人一批，开始一个接一个地通过关口……一直到当地时间凌晨4点半，中南院798人全部走出拉斯杰迪尔口岸。

值得一提的是，在高晓林和中南院的其他同志帮助下，另一个中资公司的400名员工也顺利通关。

这一夜，高晓林在利突边境的两公里之间，共来回了23次。"除第一次我送同胞到突尼斯边境的闸口外，后来的二十多次我不敢再送到王武官跟前了，我知道他们不会再放我回来的，可我哪放得下心。我知道我的作用，我已经跟拉斯杰迪尔口岸的利方人员混熟了，他们对我放心，他们也需要我协助他们工作，但我知道想出境的中国同胞更需要我。所以每带出一批人，让他们看到突尼斯闸口边那面五星红旗时，我就赶紧折回，重新带一批人……"

"请向这位中南院的女同志致敬！"黄屏和郭少春从王旺生大使那里获知，中南院已经自行组织一千多名同胞打通利突边境撤离通道，极为振奋。他们更是敬佩高晓林的行为。

这是 24 日凌晨的事儿。天仍未亮，高晓林送别昨晚滞留在拉斯杰迪尔口岸的中国同胞后，并没有跟着自己单位的同事转车到安全的突尼斯机场，而是整整衣衫，重新回到拉斯杰迪尔口岸。因为她知道，接下来在此过关的中国同胞人数还会更多，天亮后的利比亚到底会是什么样，谁也无法料定……

肯定更加严酷。

国资委的其他数十个施工单位都按照国家应急指挥部的命令，向班加西、米苏拉塔、的黎波里、拉斯杰迪尔和南部中心城市塞卜哈等地集结……

3 万余中国人的大撤离才刚刚开始。

激战班加西

如果不是利比亚反对派发动的"革命"，我想许多中国人与我一样，对那个名叫班加西的城市一无所知。而如今不管是在利比亚，还是在全世界，班加西这座城市已经家喻户晓。

班加西距首都的黎波里一千多公里，是利比亚的第二大城市。它和的黎波里一东一西，好像是守护利比亚苏尔特海湾的两位卫士。

1969 年时为陆军中尉的卡扎菲用一场不流血的政变结束了伊德里斯王朝，从此执政四十二年。卡扎菲算是个老牌"非洲之王"了。他过度重视自己的部落、地盘和"革命圣地"，毫不犹豫地剥削与他对立的班加西地区，为日后埋下祸根。

2011 年 2 月 17 日，动荡之火在利比亚熊熊燃起。班加西的街头，每天都有一群群穿长衫的老人、着套头衫的年轻人、拿着旗帜的少年，他们全都朝着同一个目的地行进，行色匆匆地走向与卡扎菲政权决一死战的战场。无数手持土枪、冲锋枪的人，他们开着不知从哪个地方抢来的皮卡车或是小轿车——连各种各样的人力车也不甘落后，上面装满水瓶和子弹，向反对派输送给养。他们中间一些人，一边跪拜祈祷，一边向镇压他们的军队扔石块与自制的燃烧弹。

相比之下，卡扎菲的军队和安保人员是相当现代化的全副武装，坦克和装甲车开向城中的时候，阿尔法赛等有经验的工程师冲上前去，在大桥上浇满了汽油，才阻止了一场坦克进入班加西城中央的血腥清洗。

19日和20日两天是保卫这座城市的关键时刻，卡扎菲发誓要炸平班加西，他在这个城市的军事基地卡提巴一直在发挥作用。班加西人知道，要保卫他们的孩子和家人，就必须拔掉这个"肉刺"。开始班加西人用游行的方式向军事基地挺进，结果是无数人被无情的子弹扫射而倒下，后来他们改用石块和自制的燃烧弹回击，结果仍然是无数人倒在血泊之中。

卡扎菲的卡提巴军事基地虽然四面楚歌，却仍然在负隅顽抗，不停地发射呼啸而出的子弹与炮火。眼看着自己的熟人或是亲人一个个倒下，一个名叫迈赫迪的邮局职员，做出了一个让人震撼的举动，他开着装满炸药的汽车，径直撞向军事基地的围墙……

一声巨响之后，卡扎菲在班加西固若金汤的最后军事基地开始摇摇欲坠，后来一个接一个迈赫迪式的班加西英雄出现在军事基地门口，他们舍生忘死的大无畏精神让忠于卡扎菲的军人震撼，他们不愿再为卡扎菲卖命，反戈一击，加入到反对派阵营。

班加西是利比亚的东部重镇，颇有些军事才能的卡扎菲不甘心将这座城市拱手让给反对他的人，于是派出了大量忠于他的情报人员和外籍雇佣军人，一次次潜入班加西搞破坏。20日之后班加西大街小巷的枪声和爆炸声此起彼伏，越来越多。混乱的局面让人分不清敌我，当地百姓苦不堪言，在此打工的外国公民也深受其害，中国劳务人员则是其中主要的受害者。

在国内我们不觉得自己富有，但在世界许多地方中国人已被当作新兴的富有者，尤其是在非洲大地。任何一场暴乱，富有者总是沦为袭击的主要对象。

班加西是最早陷入战乱的城市。自2月18日起，以班加西为中心的东部地区，中国公司上万人除了少数一两批通过埃及边境撤离之外，其余的人员都得从班加西港撤出。

班加西港能成为撤离港口吗？国内应急指挥部一次次在协调和询问，前方人员的回答总是含糊其词。事实上谁也无法确定，因为那里已经是战场。在飞弹和枪炮下，没有安全可言。再说，谁知道港口还有没有人在管理？没有人管理的港口等于是死港。

几十年前，这里曾是二战的战场，出现过一场无谓的牺牲：一队盟军原本准备在此登陆歼敌，由于找不到熟悉港口情况的当地人，竟然误入了港口，结果数小时后，德军飞机袭击此地，几百名盟军官兵便毫无声息地葬身在这片海滩……

现在，卡扎菲和反对派都明白，班加西的生与死，皆在港口。只是他们此刻忙于城内的攻守战，暂时谁都顾不上港口。

"抓紧每一分每一秒，全速向班加西港挺进！"外交部领保中心发出指令——不能再等了。

我驻希腊使馆、马耳他使馆租用的 3 艘大型邮轮，先后于当地时间 22 日晚 7 点和 12 点，分别从希腊帕特雷港和雅典出发，全速向利比亚方向进发，他们首站的目的地就是班加西。

行驶在最前面的是"希腊精神号"。驻希腊使馆的陈夏兴主任是这艘邮轮上的接应负责人，也是海上 3 艘接应船的总协调和指挥者。经过大约十三个小时的全速前进，"希腊精神号"进入利比亚的苏尔特海湾。

"邮轮船长和我们都是第一次到利比亚，对港口既不熟悉，更不了解战时岸上的情况。说实在的，从希腊的帕特雷港驶出之后，在海上的十三个小时里，我设想了到达利比亚海域后的各种情形，我们的邮轮会不会遭受大炮或是飞机的猛烈攻击？岸上成千上万的同胞是否惊慌失措地呼喊'救命'？我们该怎么办？电影中枪林弹雨的画面不断地浮现，弄得我很紧张。谁知到了那里之后，第一眼所看到的情景，与想象中的完全不一样……"事后，陈夏兴接受我采访时说。

经过风平浪静的地中海，"希腊精神号"和"奥林匹克冠军号"于当地时间 24 日上午 9 时许进入利比亚海域，通过望远镜能清楚地看见班加西港。

"陈，你要接的人在哪儿呀？"船长尼库斯在驾驶室里用话筒催问陈夏兴，后者正在船舱里忙碌着，为上船的同胞做着准备。

"到了吗？"陈夏兴一听，赶紧三步并作两步地直奔驾驶室，抢过望远镜，迅速往岸上望去，只见拍岸的海浪、依稀的一团团烟雾，老陈心想，远处可能在打仗……除此之外，港口的码头上似乎什么都没有。

这是怎么回事？陈夏兴急出一身冷汗。"是不是开错地方了？"他问船长尼库斯。

尼库斯摇摇头，确定地说："这就是班加西。"他指指船上的海事卫星地图，上面清清楚楚、明明白白地标着班加西，"希腊精神号"的位置与之重叠在一起。

陈夏兴真急了，马上一把抢过船长尼库斯手中的话机，向对岸的郑曦原参赞质问道："你们火急火燎让我们开到这里，怎么一个人都没有啊？"

"这……这怎么可能呢？"郑曦原被陈夏兴的责问搞糊涂了，立即转问国内的黄屏到底是怎么回事。

"郑参赞，你先别急！船到了就好。人马上会到，我们正在协调相关单位，让他们马上向班加西港集结。你通知邮轮尽快进港。"黄屏让联络组的同志通知郑参赞。

陈夏兴接到郑参赞的回话后，才明白是怎么回事。"我们的人很快会在港口集结，请马上做好进港准备。"陈夏兴对船长尼库斯说。

尼库斯船长立即让大副呼叫班加西港务局，申请"希腊精神号"和"奥林匹克冠军号"马上靠港载人。但是呼叫机那头冷冰冰的拒绝口吻不容商量，2艘船被要求在离港口1海里处等候。

这是一个令船上所有人都倍感失落的突发局面。班加西是"反对派"军队的老巢，局势动荡中，原本简单的事情都变得难以操作。班加西港务局值班人员的回答总是简单而机械："请原地等候，祝你们好运。"

"没有进港许可和领航员，我们的邮轮是无法进港的！"尼库斯不停地耸肩说。

"进港许可和领航员？"陈夏兴不懂。他想，难道这港口也像飞机场一样需要进港许可和领航员？

"对，船只进港，必须获得进港许可，并由专门的领航员引导才行，否则船只是不允许进港的。"尼库斯明确告诉陈夏兴，"尤其是外国船只进入，必须得到利比亚港务人员的同意，否则我们是绝对不能进港的。这是国际海运惯例。更何况现在是战时，如果我们进港，他们可以视为是侵犯行为，就可以……"船长用手指朝陈夏兴的头上"砰"地做了一个开枪的动作。

"这个我不懂，你应该解决！"陈夏兴哪懂海事法则，他是国家派来接人的，他才不管这些！

尼库斯瞪了瞪眼珠子，最后还是很无奈地嘀咕了一声"你是老板"后，立即让助手想法与岸上的港务部门联系。回答："他们都去打仗了，找不到人。"

班加西真的无药可救，数番联系的结果都令人失望。

"再想办法！"陈夏兴没招，只能把难题扔给船长尼库斯。转过头，陈夏兴又跟驻希腊使馆联系。

"怎么搞的？我们的船到了，可岸上一个人也没有呀！班加西这边也没有人在帮忙办理船只的进港许可啊！"郑曦原的电话再次打到国内。这时外交部领保中心几十部电话都不够用，即使前方的电话打进来也要费很大劲。

"马上……我们马上会组织队伍往岸边集结！"领保中心联络组的朱家耀终于跟郑曦原说上话。朱家耀是刚刚晋升的领保中心副主任，他是第一天过来报到，以为简单谈谈工作就可以回家，没想到立马被黄屏扣下，推到了风口浪尖。

"怎么样？"陈夏兴的电话又打到郑曦原那里。

"国内正在与前方联系，你们暂时在海面待命，并随时做好进港准备。"

只能如此了。

"我们分头联系。"陈夏兴刚与船长尼库斯说完话，随行的中资公司接应人员张辰珏摇摇晃晃地走过来，指着海面说："我们的船……"

"哪儿？"陈夏兴赶紧往海面上望去，"是啊！是我们中国的船！"他看到不远处有1艘挂着中国国旗的大货船。

"这边还有呢。"张辰珏指向另一个方向。

啊，好几条呀！陈夏兴有些兴奋，那一刻，他知道自己在班加西并非是孤军作战。

通过望远镜，陈夏兴发现狂风巨浪的海面上竟然有好多艘中国船只！它们是"中远上海号""中远青岛号"，还有"新秦皇岛号""新福州号"和"天杨峰号""天福河号"……

"了不起，咱中国真是了不起啊！"陈夏兴的心头顿时涌起一股热流。在与这些中方船只联系过程中，陈夏兴获得了很多信息，这些船只是国资委下属的货运船，他们都先于陈夏兴到达了这片海域，执行着同样的任务——撤侨！

"我们是货船，没办法进港，所以只能在此待命。"友船告诉陈夏兴。

"上面命令我们，即使接不到人，也要把国旗高高挂起，让岸上的同胞看到希望，看到祖国就在他们身边！"另一艘船的船长这么说。

对啊，这才是重要的！危急之际，一面国旗能让处在绝望之中的同胞稳定情绪，坚信胜利！陈夏兴这时才明白国内如此调动千军万马到班加西的一片苦心和周到安排。

其实，这些国字号远洋货船，虽然后来大多没有直接参与接应撤离同胞到自己船上，但他们所作的贡献不可低估。尤其是他们以最快的速度第一时间抵达指定海域，在海面上高高地扬起一面面五星红旗，对稳定岸上同胞的情绪起了至关重要的作用。

现在，我们还是将镜头移到陈夏兴最关心的"要接应的人到底在哪里"吧。

是啊，船到了，我们的人都在哪儿呢？这也是黄屏和郭少春最关心的问题。

"中交集团！中交！请报告你们在班加西队伍的具体方位。"

"我是中交集团！我们在班加西的队伍主要集结在原营地待

命！其余分散的队伍也正在向班加西附近靠拢……"

"现在命令你们马上组织队伍向班加西港口进发，那里已经有2艘邮轮在等待。请着手准备组织你们公司人员登船，同时协助组织其他中资公司人员尽快撤离！不得有误！"

"是！我们马上行动！"

中交集团总部接到外交部领保中心的指令后，立即通知到了正在班加西的所属四公局利比亚总项目部党委书记杨跃民。

"马上执行！"杨跃民等待这个命令已经好几天了。这些日子，身为前方总负责人的他，时刻都在为手下2198名职工的生命安全捏着一把汗。在集团公司的领导下，杨跃民他们公司是班加西最早意识到利比亚可能出现大乱、准备工作做得比较充分的单位之一。

2月18日，杨跃民意识到班加西的形势恶化，随时可能引发大乱，在请示国内后首先启动了安全应急预案，一方面组织人员贮备生活淡水、油料和粮食等战备物资，另一方面将公司重要的文件、批复图纸向项目公司的生活基地转移。20日，他们又根据当地日趋恶化的形势，迅速启动了公司自救方案，果断组织施工人员撤离施工现场、办公区和作业区，并将7个项目部、4个工地的所有人员收缩到2个生活营地。

"100人一个巡逻小组，每3个巡逻小组组成1个联队，每个营区由 3 个联队、9 个小队，日夜巡逻。每个巡逻队员必须佩戴安全帽，配发木棒和钢棍。巡逻人员三班轮流值班，确保营地安全！听明白了没有？"杨跃民采用军事编制，将自救措施落实到每个环节。四十多名妇女也被组织起来，成立宣传队，到处张贴标语横幅，鼓励员工勇敢地站出来参与自救。

中交四公局的措施极为有效。20 日、21 日，暴徒数十次企图进入营地抢劫和施暴，结果都被团结一心、同仇敌忾的中交四公局员工们挡了回去。

杨跃民他们的中交四公局营地因此也成为班加西地区我中国公民最为坚固的营地和撤离大本营。

"通知相关单位，让他们马上向港口集结上船！"这是杨跃民作为班加西地区的撤离指挥发出的第一道"撤离令"。

"为什么最先上船的人里没有我们？"营地突然有人嚷嚷起来。

"是啊，我们把自己的粮食和水都分给了他们，却又让他们先上船，这不公平！"

近一个星期来苦苦等待，盼望逃脱战火的员工们听说第一批上船撤离的竟然不是他们，难免紧张和愤怒起来。

"因为我们是中交集团的人。我们人多有力量！其他中方单位人少又分散，他们比我们危险，所以应该让他们先撤！"杨跃民把道理一说，全公司上下再没人说一句牢骚话。

"让兄弟单位先撤!"中交公司四公局的营地里,这一通知迅速被传到每一个人耳朵里。

这事传到中水电驻利公司负亮那里,让这位七尺汉子感动了一番。"虽然现在我们近千人要分为两批撤离,但这也是人家把最先登船的名额让给了我们,请你和前方员工说明白。我们必须抓紧时间,将首批600名撤离人员安全护送到港口,不得出现任何差错!"负亮把这一指令传到班加西附近营地的前方指挥那里。

此时,他又想起当初刘玉飞他们得知登船名额时的情景——

"总算可以走啦!"

"我们有救了!"

中水电迈尔季营地上的中国员工听到这一消息全都欢呼起来。这支近千人的队伍已经在战火纷飞的弹丸绝地孤军奋斗了四五天!尤其是原先在斯蒂哈姆瑞施工营地的三四百人,他们的营地被暴徒们彻底地洗劫,在荒无人烟的沙漠里度过了不堪回首的三天三夜。

"上级给的第一批登船撤离人数是604名,这样就必须有372人另辟撤离路线。"刚刚还在喜悦之中的中水电迈尔季营地,一下又陷入了痛苦之中。

怎么办?让谁先走?

最后商量的结果是,让受难最多的斯蒂哈姆瑞营地的员工和妇女及随队家属子女先走。"28 名泰国籍员工和 36 名孟加拉籍员工也必须带走！"刘玉飞对斯蒂哈姆瑞项目中方经理宗成月说。

"那是必须的。"宗成月点点头，突然想起一件重要的事，"我们还有 12 位伤员在班加西医院呢！"

刘玉飞镇静地说："这事我已经让项目部的阿语翻译李世杰找他的利比亚朋友帮忙，他们也随船撤离。"

"玉飞兄，你呢？你跟哪队行动？"宗成月悄悄问了一声刘玉飞。

"我？自然跟大部队一起到班加西。"刘玉飞朝宗成月神秘地一笑，然后补充道，"不过我是送你们到那儿附近的营地，再回来带其余的人闯出利比亚！"

"刘总，你是好样的！"宗成月猛地张开双臂，紧紧地将刘玉飞抱住，两行热泪淌在对方的衣袖上。

刘玉飞一动不动地挺立在那里，他的眼睛有些潮湿，他看到营地外即将分开撤离的两支队伍难舍难分的情景，大家似乎都在为对方担心……现场仿佛是一次生离死别。

是啊，谁能保证前往班加西搭船的人就一定会平安无事？

那些留下来的人需要穿越沙漠和数个战区，危机四伏，他们能活着出去吗？

不知道，谁也不知道。但此刻所有中国员工只知道一件事：

他们的祖国正在不惜一切代价搭救他们走出利比亚。

通往班加西的各条道路早已被破坏得千疮百孔、面目全非。刘玉飞和迈尔季营地的全体班子成员，分两批组织队伍，将604人（其中有几名是中途由使馆委托他们收留的其他单位同胞）安全转移到班加西港口附近的一处营地，等候上船命令。

"那三个多小时里，我们从露宿营地出发，在风雨交加的黑夜里走到班加西，这个过程如噩梦一般。大伙当时就盼着早点到码头，早点上船，至于一路上有多少子弹从头顶飞过，衣衫被雨水淋透冷得瑟瑟发抖，都忘在脑后。到了班加西港口附近后，我们虽然又饿又冷，但好像也不在乎，心里想的就是什么时候登船，可是让我们着急的是，总不见岸边有什么船来接我们。接下来的几小时是最恐怖的，大伙好像感觉死亡真的要降临了！"有位工友记录了当时的情景。

眼下真正着急的是外交部的黄屏、郭少春他们，几千人的撤离队伍已经全线向战火之中的班加西集结，船也到了海边，可该靠岸的靠不上岸，该上船的上不了船，这不是要命嘛！

前方的同胞并不知道他们的头上还悬着另一把要命的利剑——此刻的联合国总部正在召开有关如何对付卡扎菲镇压反抗民众的闭门会议。以美、英、法为代表的西方世界已经渐渐对卡扎菲失去耐心，他们正在酝酿全面对付卡扎菲的方案……这样的结果毫无疑问将会把利比亚推向全面的战争。那个时候，谁还能出得来呀！

中央、外交部、国资委……全国人民都在为我在利同胞的命运焦虑和担忧！

"你是中交四公局的杨跃民书记吗？我是外交部应急中心的郭少春，现在有一件特别紧急的事，需要你们前方立即想法解决……"正在班加西附近营地组织兄弟单位向港口集结的杨跃民突然接到国内的紧急指令，要其单位迅速在几小时之内打通班加西港口的关系，接应停泊在海面上的3艘邮轮进港。

"我马上去办！"杨跃民二话没说，立刻带着一名翻译，登上一辆由当地司机驾驶的小车直奔班加西……

"避开打仗的地方，走其他路看看，有没有适合我们大部队行动的路线。"一路上，杨跃民边指挥司机穿过一条条崎岖弯曲的小道，边侦察沿途战况。

港口到了。平时几百人工作的港务码头，此刻只剩下几个看守人员。"卡扎菲杀死了我们的人，大家都去战斗了！"那些留在码头上的利比亚人也都手持冲锋枪，随时准备上前线。

"我们是中国人，现在我们的船就在海面上，需要进港接我们的同胞，请帮帮忙。"杨跃民通过司机，好不容易找到一个管事的港务人员。

"这里的权力已经不归政府，我不敢做主。"那人摇头，表示帮不上忙，"你最好找这里的长老。"

"长老住在哪里？"

"就在城里。"

杨跃民倒吸了一口冷气，班加西城里还有谁敢进去？可不进去能拿到进港的通行证吗？

"走！进城去！"杨跃民一挥手，让司机往城里开。

"太危险了！城里都是反对派呀！"司机不干。

"你怕什么？你不是也恨卡扎菲吗？"杨跃民急了，两眼瞪圆了跟司机说。只见他从车里拿起一块红布，"哗"地撕下一块，麻利地扎在司机右臂上："你这不也成了革命的政府反对派吗？走！找长老去！"

系上红袖带的司机猛地来了精神，一脚踩下油门，小车飞驰着穿过一条条大街小巷……

"请长老帮助我们。"一座穆斯林建筑里，杨跃民深深地弯下身子，恳切地对正在祷告的一位部落长老说，翻译和司机则将车上的几箱食品往这位长老家里搬。

"你们是好人，帮助我们建房修路，真主应当保佑你们。"长老一边合掌祈祷，一边口中念念有词。

"你去找他就行。"长老把一张写着一个电话号码的小字条交给杨跃民。

"谢谢！谢谢您的帮助。"杨跃民带着这张字条，找到了另一位长老的儿子。

进港的许可证终于拿到。

黄屏、郭少春他们得知这一消息是在北京时间 23 日半夜 11 点 30 分左右。

"立即通知海面的船只进港！"

此时班加西已近傍晚，天色渐黑的海面上风浪大作。身在"希腊精神号"的陈夏兴，此刻产生了一种错觉：在帕特雷港上船时觉得"希腊精神号"像艘航母，现在则变得又小又差劲——简直就是一条摇摇晃晃的小舢板！

进港"许可证"终于拿到了。

"陈，我们通过国际海事旅游的关系，说服班加西港务局方面，他们已经同意我们的 2 艘船进港载人了！"船长尼库斯说。

"你怎么不早说啊？！"陈夏兴一高兴，一拳打在尼库斯的左肩膀。为了获得这个许可，陈夏兴急白了几缕头发。

"不过老板，对方有个条件。"尼库斯的表情有些不爽。

"什么条件？尽管说来。"

尼库斯做了一个数钱的动作。

"多少？"陈夏兴问。

"每条船进港费 2.1 万美金。"

"2.1 万美金？可以接受。"陈夏兴沉思了一下，他纳闷怎么出了个零头，"那 1000 元是不是你们要的？"

尼库斯有些脸红地道："不是，是中间人提出的。"

陈夏兴笑了，心想，只要能让船进港，保证我同胞上船，小钱算不了什么！

"我同意！"陈夏兴很爽快地说。

"他们要现金，而且马上要付，付完了就可以来人领我们进港。"尼库斯的眼睛盯着他现在的"中国的老板"——陈夏兴。

"现在就要？我哪来那么多现金！"陈夏兴一听，眼睛瞪圆了！他看看一旁站着的张辰珏，意思是说你带钱了没有？张辰珏可怜兮兮地朝老陈摇摇头。

陈夏兴脑门上的青筋一下暴了出来，他下意识地摸了摸身上的口袋，其实不用摸他也知道自己只带了一千多欧元。怎么办？他一个电话打到郑曦原参赞那儿。

"你得马上想办法，否则我们进不了港！"陈夏兴有些赖皮了。

"我就是乘飞机过去，也得花十几个小时才能到你船上呀！"郑曦原告诉陈夏兴，"你不会找船长借一借？估计他们应该带现金的。"

"我凭什么向人家借呀？"陈夏兴感觉为难。

"签个借条，就说我们政府一定连利息一起还他。"

"人家相信我陈夏兴的签字吗？"

"怎么不信？你老陈上亿元的大单子都签了，这区区几万美元就不敢签了？签吧！签完后马上组织进港接人！"郑曦原说。

"你……你小子害我不浅啊！"陈夏兴简直要跳起来了，他隔海大骂郑曦原，说回国再找他好好算账！

"哈哈……陈兄，你不要生气！放心好了，只管签！你身后有我们强大的祖国！"郑曦原说完这一句就把电话挂了。

也只能是这样。现在进港救同胞是最要紧的事！陈夏兴提起精神，走到尼库斯船长面前说："我身边暂时没带钱，请船长先生帮着垫付一下。尼库斯先生，你尽管放心，我现在是代表中国政府向你借钱，有我的签字，就能兑现！"

尼库斯眨眨眼睛，看看陈夏兴，又看看一边的张辰珏，能信他俩吗？他有些怀疑。

"好吧！我们得签一个借款协议。"尼库斯拿过一张纸。

"没问题。"这回陈夏兴的手没有发抖，而且字也签得特别潇洒。他是海上接应组组长，进港3条船的费用都是他一手签的：6.3万美元。

钱不是万能的，但没有钱是万万不能的。战争状态下，现金很管用，但光有钱还不一定能办成事。陈夏兴在此次撤侨任务中的体会是，现在富强起来的中国有钱很重要，没有这一条许多事办起来都费劲，但中国靠的不光是有钱，更重要的是它自身的民族精神。

但是，又一个戏剧性的突发局面出现了。港务局那边通知说，港口现在没有领航员。于是又一轮揪心的苦等开始了。陈夏兴和船长担心，天黑后客轮将无法进港，这意味着撤离人员要到明天才有可能登船。

当地时间下午5时40分，领航员得知这边有几万美元的生意后，终于出现了。

"呜——"汽笛一声长鸣，"希腊精神号"和"奥林匹克冠军号"相继出现在班加西港，沉稳地停泊下来。其他几艘中国货轮则被告知，由于吃水过深而无法靠泊。

"我的天！这些人是从哪儿冒出来的呀？"当陈夏兴再次往岸上看时，他的头一下蒙了，黑压压的几千人像蚂蚁似的拥在码头上。邮轮尚未停稳，人群就开始骚动起来，喊声哭声叫声震天动地……

接下来的一幕同样棘手。班加西港口的管理人员要求先进行海事检验。陷入混乱的港口实际上已经没有专业海事官员。登船的利比亚人一看就是刚刚夺权的"造反派"。他们用带法语腔调的英语问了一些不着边际的问题，希腊船长见多识广，使眼色给陈夏兴。他们端上了热气腾腾的咖啡，还有巧克力和饼干。利方人员神情温和了下来，大家亲热地交谈了起来。原来这里从来没有停过这么漂亮的豪华邮轮，他们觉得十分稀奇，好多人都想上船看看。一拨又一拨的班加西人开始登船检验。很明显，很多所谓的"港口管理人员"把自己的家人包括孩子都带上了船。船长深谙"来的都是客"的道理，一一把他们请进自己的专用餐厅款待。

在此后将近两个小时的所谓"进港船检"过程中，接护人员和船长、大副等一直在刻意逢迎着这些不懂也不讲规矩的不速之客。双方想法高度一致，再难缠也总比海盗好对付，当务之急是尽快履行完手续，让港区内的中国撤离人员尽快登船。

当地时间 19 时 30 分许，在耗尽船上所有的烟酒香水等礼品储备后，2 艘船终于获准打开舱门载客了。

"亲爱的同胞们，我们是中国政府派来接应你们的，请你们放心，所有的中国人都可以上船，现在请大家遵守秩序，准备登船……"陈夏兴一边通过船长室的广播向码头喊话，一边告诉船长：先留好 100 个舱位，让那些受伤的人和年长体弱者用；备足食品，登船后立即开餐。

"上船啦！"

"让我们上船啦！"

　　人群迅速地朝邮轮冲去，如海潮汹涌。"这样不行，会出危险的！"陈夏兴、张辰珏，甚至连尼库斯船长都没有见过这种场面。

　　"我下去，找他们的领导协调，不然非出大事不可！"陈夏兴让船长放下舷梯，自己第一个跑到了岸头。"你们谁是头儿？"陈夏兴在人群里喊道。

　　"我是，我是中水电的项目经理。"有人走到陈夏兴跟前。

　　陈夏兴立即自我介绍："我是中国驻希腊大使馆派来接应你们的陈夏兴主任，现在我要求你们单位把人组织好，只有这样才可能让大家尽快上船。另外要告诉所有的人，咱们政府已经派了3艘邮轮到班加西，所有的中国同胞都可以登船离开这里，所以大家用不着抢。告诉同胞们，我们每一个人都要平安回家！"

　　"明白！"中资企业的项目负责人立即在现场承担起了组织和维持秩序的责任。

　　"中水电的请到这儿集合！"

　　"连云港的在这儿。"

　　"江苏南通三建的过来……"

　　一支支不同地区的队伍迅速在码头有序地排列成队，他们的排头是一面面鲜红的五星红旗……这阵势，让陈夏兴眼眶一热：中国人真了不起！

　　"上吧！"陈夏兴一声令下。

"哗啦啦——"两千余人一拥而上,将"希腊精神号"上上下下占了个满满当当!

"他们不能上!"船长尼库斯带着几个船员,突然出现在舱口,组成一道人墙,将中水电驻利公司的64名泰国籍、孟加拉籍员工死死地挡在舱外,"我们有协议,这条船只准运你们中国人!"

"可他们是我们公司的雇员!"中水电的领队不干了,冲陈夏兴说。如果不把这些泰国、孟加拉雇员带上,他们十有八九就可能死在这里,谁能负得起这种责任? "我们负责不了,你陈主任负得了吗?"

陈夏兴被逼得无计可施。这边船长尼库斯坚决不让上,说:"如果让他们上了船,一旦他们到了希腊不愿离开,成为难民,我的政府就会取消我的航海资格,我们不仅会失业,而且还要坐牢!"那头中资公司的领导再三地陈述:"在这种情况下,如果光是我们中国人自己走了,留下了雇佣的外国籍劳工,一旦他们出了问题,损害的不仅是中资公司在海外的声誉,更是我们国家的形象!"

"郑参赞,你说什么事偏偏都让我赶上了! 快告诉我怎么处理!"陈夏兴硬着头皮又将电话打到正在雅典值班的郑曦原参赞那里。

"别急,老陈,我马上与希腊外交部联系,他们的意见才是关键……"不等陈夏兴把话说完，使馆的电话已经挂了。

"怎么回事？还不让上啊？"中资公司的人催魂似的一遍又一遍问陈夏兴。

可怜的陈夏兴此刻像只受气包，不是被自己人臭骂，就是被尼库斯船长翻白眼。

"怎么样了？"陈夏兴唯一能做的就是时不时给让他"恨透了的小子"郑参赞打电话。

"正在联系……"半个小时里，郑参赞至少这样回答了5次。

"快点吧，郑少爷，我求求你了！再不处理，要出人命啦！"陈夏兴不是在吓唬郑参赞。听说船长不让非中国人上船，一个孟加拉籍员工死死抓着缆绳就是不放，希腊船员急了，脚踢，缆绳抽，那孟加拉人就是不松手。"推下去！推到海里喂鱼！"如果不是现场的中国人劝阻，希腊籍船员们真干得出来。

陈夏兴受不了这种场面，他想劝阻船长和希腊船员，可人家就是不松口。"放他们上船，等于我自杀！"尼库斯铁青着脸这样说。

"他们是我们公司的雇员，如果他们不能上船，我们也不走了！"这边没消停，那边已经上船的中资公司的人嚷嚷开了。

"我说同胞们，你们就别添乱了。"陈夏兴赶紧又去安抚那些嚷嚷的人。干了几十年外交工作，这等苦差事陈夏兴从来就不曾遇见过。现在他是"希腊精神号"两千多人撤离队伍的总接应人，是船上、码头五六千人的现场总指挥，出了任何事情，陈夏兴都得担起来。

"郑参赞，郑老弟，郑少爷，你到底联系得怎么样了？我真扛不住了，我的天！"陈夏兴再次给郑曦原打电话时都不知说什么好了。

"咋，子弹真在你头上飞了？"雅典那边，郑曦原半真半假地这样问。

"我宁可一颗子弹飞来把我报销得了！"陈夏兴没处发牢骚，只能当着同事悄悄赌气。

"告诉你，希腊政府已经同意了，只要孟加拉和泰国政府出面担保他们这些人不在希腊停留，他们就可以同我们中国同胞一起上你们的船。你告诉现场的孟加拉、泰国人，让他们暂时等一等，他们的国家正与希腊外交部协调。"郑曦原在电话里这么说。

"你总算给老哥做了一件好事！回到雅典我请你上馆子。"陈夏兴这回感激起来。

没多久，船长尼库斯接了一个电话，那是希腊政府传给他的指令：可以让孟加拉、泰国人上船。

一场风波总算平息。

这样，陈夏兴他们的"希腊精神号"接收了2100名中国同胞（另有64名外籍雇员）上船，成为首批从海上撤离的队伍……

海上撤侨战幕由此拉开。它曲折而激烈，它磅礴而壮丽，它动魄而惊心。它还有许多我们想象不到的事。

沈健，另一个我驻希腊使馆派往前方海上接侨的年轻外交官、使馆三等秘书。他与陈夏兴各负责一条邮轮，他上的是"奥林匹克冠军号"，与陈夏兴的那条"希腊精神号"前后脚出发。

从22日下午接受任务到上船，沈健只有一个半小时的准备时间，连看一眼正在雅典读书的妻子和发烧多日的幼女都不行，时间实在太紧了。这是一个刚刚建立不久的和美家庭，妻子漂亮，女儿可爱。

上海外国语大学毕业的沈健，因为学的是希腊语专业，所以一到我驻希腊大使馆就成了"宝贝"——只有他和另一位同事是精通希腊语的。年轻漂亮的妻子跟随他来到雅典，边学习边操持自己的小家。平时小两口工作、学习都很忙，还要照看幼女。

撤侨任务下来后，沈健深知利比亚局势变幻莫测，心里放不下妻女，担心自己有什么三长两短，所以临上船前，他给妻子打手机说：亲爱的，我要去班加西撤侨。妻子只在电话里"嗯"了一声，其他什么话都没有，这让沈健心里空荡荡的。他原本想，如果妻子听说他要去班加西，担忧或是惊恐的话，他会好好安慰她一番。

沈健就是怀着这样的心情离开雅典、离开牵挂的妻女的。沈健是第一次登船走海路，停泊在码头的"奥林匹克冠军号"看上去庞大而雄伟，可一出海，尤其遇上地中海少有的飓风恶浪后，如一叶小舟。

一路上心里空荡荡的沈健，遭受着邮轮剧烈颠簸的折腾。十几个小时后，当沈健从感觉生不如死的舱底来到甲板，看到岸头人山人海的撤离同胞在那里又哭又喊、争先恐后地抢着要上船的情景时，他什么都忘了，仿佛一下恢复了元气和力量。他"噌"地跳到邮轮的一个门舱高处，挥动着国旗，手中持着喇叭高声喊道："同胞们，要相信祖国，相信祖国不会放弃你们中间的每一个人！请你们有秩序地排队上船，我们一定会把你们带回家的！请相信我，相信祖国……"

"希腊精神号"率先关闭舱门离港后，人群一下子全跑到"奥林匹克冠军号"这边来，原先的 2 条长龙变成了 4 条，而且慢慢地散开，有连成一片的趋势。沈健挤下狭窄的舷梯，走入情绪开始不稳的人群中呼喊："党和政府一定会带走每一位公民，4 艘中国货轮就在港口外面，明天一早还会有客轮进港……"

就在这时，港区下起了小雨，乌黑的天空暗示，滂沱大雨很快倾盆而下。沈健把安抚工作留给中资公司的领队们，跑去找船长"网开一面"。船长是个性情中人，他说："我这条船标准载客量是1600人，船上只有1800个救生衣，根据欧盟规定，即使最危急的时刻，最大限度也只能放宽至2100人。"沈健告诉他，船舱里加上外面暴雨中淋着的肯定不止2100人，一定要把他们都带走，多留一天就多一分危险。船长沉思片刻，应允带走港区内每一个中国人，但要求中方必须承担由此产生的一切风险。

沈健把电话打到了郑曦原参赞手上。郑参赞立即请示国内，说班加西下起了倾盆大雨，但希腊船长坚持按照欧盟法律规定载运我方人员，将会有好几百人滞留雨中，而且形势也在恶化，处境十分危险。是不是坚持要求希腊船长放人上船，由中方承担一切风险责任？

黄屏觉得这个问题十分棘手，赶紧冲进了宋涛副部长的办公室。半小时后，希腊使馆接到国内指示，班加西码头上的中方人员全部上船，一个不留。

沈健马上将这一消息通过扩音器发出。他欣慰地发现，话音刚落，方才还是一片混乱的场面就静了下来，人们开始完全按照沈健的要求，一队一队自觉有序地排列上船，直到岸上的每一个同胞都上船为止。最终，船超载近800人。

　　这个夜晚，是宋涛人生中最漫长难挨的一夜……然而，此时此刻，他必须要作出这样的决定：你们出港吧！

　　天蒙蒙亮时，等待一夜的电话终于打进来了。

　　"到了，他们到克里特了。"听到前方的报告，宋涛一下瘫倒在沙发上。

　　我们需要把镜头拉回到班加西，拉回到开船那一刻的沈健这边。

　　"我从来没有想到自己还有那么大的号召力！那一刻，我真的感到'祖国'二字在同胞心目中的分量！"沈健后来把这一幕讲给了他的妻子房敏洁听，妻子也为自己的丈夫有过这段经历而感动。撤侨一年之后，沈健回上海探亲时，又把令他自豪的这一幕说给同学们听，让他惊愕的是，那些同学听沈健满怀深情地重复了那段"请相信我""请相信祖国"的话后，竟然一个个捧腹大笑。笑过之后，他们嘲讽沈健"太雷人了"。对此，沈健至今仍感郁闷，他不明白为什么今天那些生活在太平盛世中的人们竟然会对"祖国"有一种不信任感。沈健这份带着纯真的郁闷，其实正是我们今天需要强化爱国主义教育的原因之一。

　　我深切而强烈地知道，所有参与和经历利比亚撤侨过程的人，他们对"祖国"的理解则是完全不同的，他们这种不同的理解和感受才是 13 亿人民中的主流。沈健其实用不着为那些嘲笑而郁闷，因为那些嘲笑者如同吃了太多蜜汁，甜得不知何为甜了，他们甚至已经忘却了为什么他们能吃到那么香甜的蜜汁。

哲人说过，生在幸福美满之中而不知什么为幸福美满的人，其结果只会是悲惨的，而只有懂得珍惜幸福美满的人才会获得真正的幸福美满。

沈健看到自己的同胞一个个登上船，美美地吃上意大利面条，伸展开四肢躺在豪华邮轮的一张张干净温馨的床铺上，鼾声如雷的情景时，他感到了幸福，感到了自己的价值，感到了一种前所未有的责任和使命，那便是他心底一直在掂量的"国家"二字。

年轻的外交官第一次深切和强烈地体会到了老一代外交官常挂在嘴上的那句"我们是国家的代表"的真实含义。

沈健完全忘了什么是疲劳，像一个久经沙场的军人，转达国内和使馆的慰问，召集船上中资公司领队维持好船上秩序，分配下一步行动任务；他像一个饱经风雨的长者，确保每一位伤员和女同胞住进船舱，让每一位饥饿了几天的同胞吃饱吃好；他又像一个慈爱而刚健的父亲，鼓励和安抚那些惊魂失神的同胞勇敢起来，耐心解答撤离人员的所有疑虑；他又像一个细心的母亲，走到沉睡之中的同胞身边给他们盖好被子、系好舱帘……

他自己吐得五脏出窍，却要一处处督促希腊船员为同胞迅速擦洗甲板，抹掉污秽；他自己几十个小时没有合眼，却时而走进厨舱查看饮食供给，时而协助船上医护人员救治伤员；他自己已几天没与妻子娇女通一个电话，却兴高采烈地为一个又一个同胞接通远在祖国的亲人的手机和座机……

此时，班加西港成功完成第一役四千余人的撤离任务。这印证了以海路作为撤离行动主线这一决策的正确性。整个大撤离行动中，5艘次中国货轮、1艘次中国军舰、11艘次外国邮轮总共撤离了18187人，占到了撤离人员总数的一半多。然而，此时更多的同胞从各个营地和工地正在向时局越发危急的班加西港集结……

啊，班加西，你能否给无辜的生灵多一点安宁的时间？可卡扎菲说："那些已经把灵魂和肉体全都卖给西方世界的人，必定在我的机枪和炸弹下面获得报应。"而反对派则用更多的土制武器和"友国"给予的肩扛式反坦克导弹回击卡扎菲。班加西因此而随时可能陷入更残酷的血腥之中。

"你们现在有多少人？赶快往港口靠拢！"

"对，如果不在这两天从海上撤离，你们还能往哪儿走啊？想跳海游过地中海？"

"不，没有其他路可走，往东往西都在打仗，往炮火里钻会是什么结果？"

"撤！"

"撤往港口去！"

两条船走了，后续的船正在进港。

4000人走了，更多的人在战火烧身的危急时刻更想早一分钟离开班加西！

"使馆！使馆！我的人到港口了，怎么不见船啊？"

"他们已经几天没吃没喝，跑了几百里路。如果再等下去，我无法保证他们不出事！"

班加西港口的陆岸上，又一次出现人如潮涌的场景。那些望海而不见船影的人们，有的在绝望中呼号，有的则因寒冷、饥饿倒下……这情形，急死了工友，更急坏了领头的。于是一个个求助的电话打到我驻利使馆，打到外交部……

"那么多人一起挤到港口，如不能及时安排撤离，危险太大！"

班加西的紧急情况再次惊动中南海。

"如果人一下都拥到港口，又不能全都及时上船撤离，势必会引发骚乱。再说，一旦卡扎菲的军队扔炸弹和封锁港口，后果将不堪设想！"

"应当立即改变战术，采取'蓄水池'的办法，将一部分马上要登船的人往港口靠，其余准备撤离的后续队伍安置在港口附近，保持一定的距离。这样，如果港口已知船只到达，就立即组织他们向港口靠，并迅速上船。"

"对，'蓄水池'撤离办法好！"

又一个不眠之夜。国务院应急总指挥张德江、国务委员戴秉国等中央领导及时给前方作出了"蓄水池"撤离战术指令，在最快的时间里传达到利比亚，传达到班加西……

说起"蓄水池"，可追溯到张德江副总理主政广东期间。当时，他为了解决年年春运数以万计的农民工滞留火车站的难题，想出了一个叫作"蓄水池"的办法：即首先腾空广州火车站附近的大型体育场馆，让所有等待乘车返乡的农民工先在那里集中安置，再根据火车运力安排，组织整队的农民工有序前往火车站乘车。这样既确保农民工能够平安回家过年，又维护了车站秩序，避免了因为混乱可能引发的群体性事件。副总理也许不曾想到，"蓄水池"之法竟然会用在利比亚大撤侨战斗之中。

雨中的夜幕下。

班加西市郊的中建2万套住宅项目营地，灯火零星，忽亮忽明。这里现在是中国撤侨利比亚东部前线的临时指挥部。他们所承担的责任非同寻常，既要保证自己几千人的人身安全，还要组织好撤离行动，协调好整个东部地区中方人员的撤离工作。

"你们那里现在已经集结了多少人？"

"加上我们自己的人已经有五千多了！"

"好，'奥林匹克冠军号'和'希腊精神号'刚刚满载四千余人离开港口，向克里特岛撤离，他们还会再来一次班加西。几小时后，另一艘从希腊过来的邮轮即将到港，你们要全力组织好周边的中资单位人员撤离。同时要千万注意，据我们收到的情报，卡扎菲军队将对班加西城有一次新的军事报复行动，所以我们在码头上的人不能集结太多，每次上船的人数和时间一定要掌握好，必须确保所有人员的安全！"

"明白。"

中建前方临时指挥部与外交部黄屏、郭少春他们领保中心的联系始终处在高频率之中。

"你是中水电的樊总吗？今晚安排你们的人上船，请你们尽快组织好，提前两小时在港口集结。"这是临时指挥部向兄弟单位发出的指令。

一处沙漠中的隐蔽营地里，疲于奔命的中水电余部刚刚歇脚，就接到上面的通知，群情立即振奋起来。

"我是樊总！我们的人将按照指令准时到达港口！"

"好。祝你们一路顺风！"

刚刚接到撤离指令的樊总又拿起手机，向分散在五六个地方的员工小分队——都是些被暴徒冲击分散的队伍——发出集合通知。可是信号断断续续，无法联系上所有单位，这让樊总焦急万分。

"小朱，你怎么才回电呀？把我快急死了！你那边的人员怎么样了？上面已经让我们撤了，你们迅速往我们这边靠拢，然后我们一起向港口方向走……"樊总好不容易与属下小朱联系上。

小朱是公司某工地的负责人，他在营地惨遭暴徒袭击后，带着一支队伍躲避到当地供应商艾门家。小朱还有一个更重要的任务：公司让他利用熟悉班加西情况的优势，争取联系到一批车辆，以便公司在紧急撤离时使用。

班加西已经打得分不清谁是敌、谁是友、谁是中间冒出来的第三方（数千监狱犯人被放出来），形形色色的人都冲上街头，横扫商店，抢劫外国人驻地……现今，到哪儿找车去？几乎所有的卡车、轿车甚至三轮车都被反对派拉去，当作抵抗卡扎菲军队的"战斗武装"。

"无论如何，我们是朋友，你得想办法！我们还要回来帮助你们建设家园，这个忙你一定要帮！"小朱聪明机智，又精通阿拉伯语，他刚刚拐弯抹角找到当地的旅游公司老板，将樊总交代的车辆落实好，正躲在艾门家的一个墙角里续写前一天的日记……

此时是24日，小朱发现自己那本厚厚的日记本上已经有两天没记了。这两天在干吗？这两天是怎么过来的？这两天为什么没有记日记呀？小朱颇感纳闷，可能是太忙顾不上。小朱有记日记的习惯，数年来从未中断过。

外面的枪声断断续续，躲藏在艾门家的同胞在疲惫中深睡着。小朱借着一丝昏黄的灯光，翻了翻前两天的日记。

二〇一一年二月二十日

班加西已经乱了三天。今天暴乱终于波及到工地来了。下午总包召开会议，讲撤离计划，艾门答应提供车辆和仓库的支持。下午我去工地后面的一处仓库认路，路上亲眼见到了一车暴徒劫持当地车辆，可怕！

听说班加西市的军队武器库被民众哄抢，同时由于狱警逃跑，监狱里的几千犯人冲出高墙，流窜到社会上来。傍晚时分，进入整体警戒。晚饭后不久，一伙暴徒就窜进搅拌站，持枪抢走两辆小车，人心惶惶至极。考虑到搅拌站人员过少，我和冯铸江觉得撤到砖厂为好。

到砖厂后，又是一波冲击。整晚这里还算平静，但总包和各项目被抢、被打、被赶、被冲击的消息不断传来。总包失守，青岛公司流血冲突，土木被烧。望着远近各处熊熊的火光和浓烟，听着四周各样的叫喊、咆哮声，挨到了近黎明时，整晚心惊胆战，人生中最长的一个黑夜终于要过去了。

（搅拌站被抢后写在工作服上的日记：2011.2.20下午开会，商量可能撤离。晚间阿人开始进入工地抢车。搅两辆车被抢走，人和砖、木门厂合一处，人心惶惶。害怕手机被抢，特把重要联络人电话写下来。）

二〇一一年二月二十一日

一大早，暴乱、抢夺一晚的人群疲惫地"满载而归"。我们终于有松口气的时间。紧急联系艾门，大车来拉人，我和小冯开砖厂的车去三号门接应。可是昨晚为了阻止暴徒，将所有的道路切断，车头已无法进入。掉头绕到进料口的大门，又有几辆阿拉伯人小车阻拦，无奈艾门拉走总包一部分人员，我们冒着枪声赶往土木，接出他们那儿的五个女生；之后到一号工地天津公司拉出总包林姐，门口一位保护工地的阿拉伯人不知我们身份，用冲锋枪朝我们轿车上方鸣空一枪，接着枪口指向车子风挡玻璃，我立即刹车，下车解释才获准进入。

下午我从云峰路口单独走路进去接出实验室孙主任两口子，路遇三辆面包车匪徒，被AK47指在胸口和背部盘问，后骗他们说我父亲在内，专门来接人，匪徒才稍稍通融。傍晚时分，艾门和弟弟胡赛因又开车，两次接出砖厂翻译马金苹两口子，总共十个人一起住到了艾门家。患难见真情，才松口小气，感谢艾门和他弟弟胡赛因。

今天在外面见到了班加西现状。满目疮痍，一片浓烟，残破不堪。为了接人，被AK47指了四次，手枪指了两次。终于狗屎运般地顺利返回。我的精神和意志在崩溃中成长着。主啊！

傍晚时分，不放心搅拌站和砖厂的弟兄们，打电话给冯铸江询问情况，并提醒注意晚间可能会有飞机来班市轰炸。冯说已带领工人躲进砌筑好的楼梯里。害怕他们饮食后勤不足，想要外出给他们送些去，小冯说暂时还好，晚上就别来了。夜间持续宵禁，便没外出。

二〇一一年二月二十二日

暴乱第六天。昨晚住在艾门家，本已心静，可午夜十一点三十分，听到大门口两声枪响，声音之大，瞬间惊醒。随后旁边他家别墅里传来小孩的啼哭声，大人的吵架声，接着又是四发AK47的连响，几秒后是来复枪的一声闷响，枪枪在门口响起。所有人的神经都绷到了最紧处。立即叫醒所有人，让女孩和孙叔叔躲在洗手间对门的小黑屋里，我和杨立本摸到大厅门口听情况，大气不敢出一下。

不一会儿，我们睡觉的大厅门口传来急切的敲门声，心都提到了嗓子眼。我摸到门口，屏住呼吸，隔着木门听外面的声音，敲门声在继续，喊开门，伴有很多人嘈杂的对话声，可一直没有叫我的名字，所以我还是贴在门上，屏住呼吸。几分钟后他们见没有回应，找来钥匙开门，当钥匙插入锁孔的那一刻，我都能听见我的心脏结冰的声音。

当门刚推开一条缝时，我想，管他妈的，大不了就这么着了，身后还有那么多女生和老人在房间里，不能熊了。我身子往门口一挡，把住大门，用手电一照，才发现原来是艾门的小舅子乌萨马他们。

乌萨马进门后安慰了我们，解释说卡扎菲派来两架飞机轰炸班加西，结果飞行员违抗命令，叛逃到了马耳他。他们为了表示高兴，所以鸣枪庆贺。他们家的六个男人整晚都全副武装守卫，叫我们放心安睡。我的妈呀，有事儿或没事儿、高兴或是愤怒都在门口打几枪，这是什么习俗？谁受得了啊，我都快崩溃了。

一到下午，全是好消息传来。艾门家人回来，告诉说现在班加西市民已自发组织人民委员会，维护治安，守卫外国公司的安全。公司的一、二号工地也传来消息，证实确有当地人持枪在门口保护我们。傍晚时分开始能打通国际长途，第一个给在英国的媳妇儿打，接着是妈爸，报了平安，开心！

萨米回来带回两把 AK47，说是拿刀从乍得雇佣军手里抢回的，并说此枪沾满了利比亚人的鲜血，一帮人拿着枪把玩了半天，气氛更加轻松。

晚上林姐给总包打电话，得到要撤离的消息。据说明天十二点轮船来接，让五点到港口集合。今天收到总包短信慰问，说咱们张局不顾危险和疲惫正和大使馆一起与国内不间断地联系，协商撤侨的相关办法。胡锦涛主席和温家宝总理也发表讲话，要求国务院立即组织专项撤侨小组，安排撤侨事务，已和民航总局、联合国共同协商了。更加开心！

女生那边群情激动，已近疯狂。我和杨外出给大家买水和干粮。这个时候还不能激动，带着一帮子女人、老弱，自己得像个男人一样挺住啊。

凌晨四点多，樊总打来电话，说他们刚开完会，决定明天开始撤离。他要求我和艾门联系，寻找一批运输车辆，负责将所有工人安全送到班加西港口。樊总的语气听得出来很着急，五六十岁的白发老人了，三天三夜没有合过眼，被暴徒从这儿撵到那儿，又从那儿躲到这儿，同时还要关心各个项目的现况。在张局跟国内联系好撤侨事宜后，这会儿他还要协调各项目部门有序安全地撤离。想到这儿，心里都替他担心。

樊总最后一句话说："小朱，车辆这个事就交给你了。"说得很轻，但我的心里此刻却开始翻滚起来。我明白，这是涉及大家能否安全、顺利撤离到港口的问题，要是无法到达港口，就没法坐船撤离利比亚。瞬间心里沉甸甸的，这么重大的责任第一次压在我的身上，是男人我就得把它挑起来啊。

……

战争！这就是战争状态下的平民生活！小朱正在感叹之中，准备拿笔续写日记，樊总催促他执行撤离任务的指令也到了。

"我们要上船啦！同胞们，起来行动吧！"小朱立即收拾好日记本，叫醒沉睡中的工友。主人艾门帮着中国人收拾行李，又去准备车辆。

"快！我已经跟朋友说好，他们已经同意我们穿过战区封锁线，可是只给十五分钟时间，请你们动作快些。"从外面赶回的艾门火急火燎地对小朱他们说。

"全体上车！"躲在艾门家的 10 位中国男女同胞以最快速度登车，开始向班加西码头进发。一路上他们运气不错，那些持枪的反对派们还时不时地举手致意，小朱能听懂他们有人说的话："班加西欢迎中国朋友们回来！"

"中建！中建！我是外交部，现在通知你们，我驻马耳他使馆租借的意大利籍'罗马号'邮轮将在几小时后抵达班加西港口，请你们迅速组织队伍上船……"

中建营地再次接到国内指令，已经等待数日的员工们一听要登船了，异常兴奋，一个个忙碌起来，有的已经提前攀上了车。

"中建！中建！有新的情况，我们刚刚与宁波华丰公司联系上，这个公司大约有近千人已经在沙漠里辗转三天了！他们的处境十分艰难，我们建议让他们先上'罗马号'，请你们抓紧作出撤离调整！"这时，国内发来新的紧急指令。

"应该让兄弟单位先走！"

"对，我们是央企，又是组织指挥单位，我们最后走！"临时总指挥部当机立断。

"什么？我们不走了？让给其他单位了？"员工们顿时骚动起来。

"大家安静，是这样的……"中建公司临时指挥部领导及时把各项目经理找来，详细解释事由。

"这是应该的。我们同意晚撤。"

"没问题，我们最后一个走！"

经理们表现出的高尚风格，让临时指挥部领导十分感动："好，回去做员工们的思想工作，关键时刻，我们中建人要拿出中建精神来！"

队伍很快恢复了平静。

"华丰！华丰！你们现在在哪个方位？在靠近苏卢格的沙漠里？到班加西估计要三个多小时？好，现在通知你们，迅速组织队伍向班加西港进发，然后登船撤离。在港口我们有人在那儿迎候你们！"临时指挥部向身处沙漠地带的华丰公司发出通知。

"走了！我们总算有希望啦！"宁波华丰建设（利比亚）有限公司副总经理兼总工程师倪永曹接到让他们撤离的指令后，热泪盈眶。当他把这个消息告诉横七竖八躺在沙漠里的936名员工时，所有的人都痛哭起来，那是喜极而泣的欢畅之声。那哭声中，还有一个特别清脆的婴儿啼哭声。他是华丰青年员工周凯的小公子，才出生不足二十天。

小男婴是 2 月 6 日在当地艾季达比亚市医院呱呱降生的，没几天这里就动荡起来。父亲周凯的公司被暴徒抢劫一空，周凯随公司逃至沙漠，好在小婴儿和母亲被一名善良的利籍司机接到自己的家躲避起来，并得到精心照料。

现在，这位最小的中国侨民加入了撤离大军。他的啼哭声让所有中国同胞感到一种别样的生机和希望。

"出发！"23 日晚，由 9 辆大卡车组成的华丰"沙漠逃亡队"终于带着生的希望，走出沙漠，向班加西港口进军。一路上，华丰人可是大开眼界，火龙般的机枪子弹在他们头顶飞越而过，一辆辆各式各样的武装车辆从他们身边呼啸着来回闪动，当地控诉卡扎菲罪行的万人游行队伍几度堵在他们的前面高喊着"杀杀杀"……

"这可是真打仗呀！"

平时胆大过人的项目经理邢印胜走在车队的最前头，但这回他也是冷汗湿衫。

到了！班加西到了！

到了！港口到了！

可接我们的船在哪儿？

陆续从车上下来的华丰人瞅着海边，没见到熟悉的中国船只，只有一艘几层楼高的外国豪华邮轮停靠在码头，于是紧张地议论纷纷。

"同胞们，我们是中国政府派来接你们的，现在请大家排队上船！"突然，那艘大邮轮上一个中国人拿着喇叭在高喊。

"啊，是我们的船！"

"是我们国家派来接我们的船！"

华丰人顿时欢呼起来。

也不知华丰的领队倪永曹是怎么变戏法似的从包里抽出一团绸布，只见他顺风一甩，那布上"祖国万岁"4个大字一下让在场的所有中国人都激动起来，大家齐声高喊起来："祖国万岁！""中国万岁！"

其情其景，让人热血沸腾。

"谢谢，谢谢祖国！"倪永曹见刚才那位用高音喇叭喊话的中国人下船后向他走来时，忙三步并作两步地上前握住对方的手，连声说道。

"你就是华丰的倪总吧？我是驻马耳他使馆派来接你们的，请大家上船吧！"说话的正是我驻马耳他使馆商务处参赞刘美崑。

令倪永曹没有想到的是，来接他们的人竟然是位两鬓斑白的老同志，后来才知道刘参赞患有高血压，他是主动请战而来的。从雅典到班加西，历经近三十个小时，第一次坐海船的老刘，被风浪折腾得几番死去活来。

华丰人再一次感动得流泪。

"你们能平安回家，我比什么都高兴！快上船吧！"精疲力竭的老刘一手扶着船舷，一手挥动着让同胞们上船。看到同胞们有序地走上邮轮那一刻，这位老外交官几天来第一次露出了笑脸。最让他乐开了花的是，那个躺在母亲怀里的小男婴竟然冲他这位第一次见面的"老爷爷"咯咯直笑……

在班加西受苦最多、忍饥挨饿时间最长的华丰人现在是最幸福的人，他们没有想到祖国派来接他们回家的竟然是超级国际豪华邮轮。华丰人多数是农民工，他们中间没有一个人坐过如此漂亮、舒适的大邮轮。刚刚上船，刘参赞他们就已经把一盆盆香喷喷的意大利面条送到了面前。周凯的小公子享受的待遇更好，他和父母住在最宽敞的单间，"老爷爷"刘美崑参赞竟然还为他准备了许多奶粉和尿不湿！

两天后，这位名叫"周懿轩"的小同胞，获得了我驻马耳他大使张克远及其夫人亲自为他临时制作的盖有中华人民共和国国徽印记的出生证明。我们的小公民有了这张"特别护照"，于是也有了上岸马耳他和回到自己祖国的通行权利。这是后话。

岸上的人实在太多，除了华丰人外，还有其他单位的中方人员。"上！快上！"不一会儿，"罗马号"的额定载员已经超过。船长张开双臂，瞪着大眼睛，冲刘美崑说："不能上了，如果再允许这些人上船的话，我将受到起诉！这是我们意大利法律规定的。"

刘美崑一下愣住了，他看到华丰后面的由中水电公司郑国震、袁海忠带队的一百多人被挡在了岸头。"他们是一个公司的，就让他们上吧！"刘美崑向船长求情。

船长摇头，态度非常坚决。

"你把卫星电话借我用一下。"刘美崑向张克远大使请求："船长不让超载的一百多人上船，怎么办？"

"法律？他面对的只是法律起诉，我们的人如果留下来，随时要面对的是死亡和受伤！"

刘美崑把张大使的话转述给船长。"我只执行我的国家的法律！"船长仍然清楚地这样告诉刘美崑。

"好吧。你先等着……"张克远大使听完刘美崑的报告，立即与意大利驻马耳他使馆联系，希望他们的政府出于人道考虑，让另外的一百多人上船。

欧洲人办事比较死板，但中国外交官平时与他们建立的友谊这时起了作用。"好吧，我马上跟政府联系……"

"之后的几小时里，我们是最难受的。当时大多数人已经上船了，但因超载的一百多人无法登船，船只能留在班加西港。在船上，可以清晰地听到城内的枪声，看到不断的炮火。天下着雨，风又大，真是又怕又冷。还算好，船长暂时同意淋雨的一百多人

上船避雨，但就是不同意起航，只能等。一直到第二天早晨，张
大使来电，说意大利政府已经同意'罗马号'超载驶往马耳他，
一旦出事故，责任由我中国方面负责。我赶紧告诉船长，但船长
说他没有接到自己政府的指令。当时我真急了，就在这时，船长
突然笑眯眯地对我说，可以开船了。原来他刚刚接到国内的指令，
允许他根据现场情况处理载员数量。真是阿弥陀佛，我们总算可
以离开班加西了！"刘美崑后来这样回忆说。

　　老天太不作美，利比亚战局乱，老天也在这些日子连连作乱。
飓风卷着大雨，搅得地中海翻天覆地，五六层楼高的大邮轮，竟
然在海里被风浪刮得倾斜七八米！

　　刚刚驶出班加西，"罗马号"船长一口一个"no"地对被摇
晃得摔倒在舱底的刘美崑说，这样糟糕的天气他的船不敢前往马
耳他。

　　"你要回去？你让我们两千多人都去挨枪子和炮弹？是枪子
和炮弹厉害还是风浪厉害？"刘美崑瞪着一双东方人的小眼睛问
船长。

　　"那就继续前进吧。"船长瓮声瓮气道。

　　"罗马号"在风浪中继续前行，以为在豪华邮轮上可以美美享
受的中国同胞这回尝足了另一种"特殊待遇"：一次次从床铺上摔
下；一次次站起来又一次次倒下；刚吐完一次，接着再吐，一直

吐到清水黄胆汁出来……

　　还有一个难题:"罗马号"是临时被租来为中国撤侨所用,船员有限,物资有限,现在几千人上船,每一次开饭就成了大问题。刘美崑和助手李昊忙得四脚朝天。为了确保人人有饭吃,他们不但要和意大利船员们十几小时开足马力连续下厨,还要组织船上的同胞轮流吃饭。第一拨人吃完早饭该吃午饭了,最后一拨人连早饭还没轮到呢。

　　要命的是,一拨人进餐厅刚刚端上餐具,突然一阵剧烈颠簸,所有的人连盆带托盘全都撒在舱板上,一片狼藉。饿极的同胞中,有人干脆卧在舱板上用手胡乱抓饭抓菜往嘴里塞。刘美崑看在眼里,觉得又心疼又好笑。

　　猛地,刘美崑脑子里闪出一个主意。他想,如果蹲下的话,是否可以降低重心,不容易摔倒?他大喊道:"各位,全体注意了,大家听我口令,蹲下!"

　　餐厅内,几百号人真的动作一致,全体蹲下。

　　蹲下后的就餐者发现,尽管船在颠簸,他们托着的饭菜盘仍在手上,于是大家又美美地吃起来,任凭大船左摇右晃。

　　"刘,你们中国人行!我们意大利人做不到!"这一幕让意大利籍船长和他的船员们又惊又叹。

　　刘美崑满心欢畅地笑了,他心头的真切感受是,我们中国同胞太可爱了！他为自己的同胞感到自豪。

　　经过二十几个小时漫长而剧烈的颠簸，第二天11点，"罗马号"出现在岛国马耳他的港口。这一时刻，对张克远大使所领导的我驻马耳他大使馆来说，简直就像一次不知盼望了多少年才来临的欢庆盛会。

　　"都去！能去的都去！"张大使偕夫人张淑凤及留守之外的所有人到了码头。在这支欢迎同胞从利比亚战火中成功撤离的队伍里，有一位扎着小辫的女孩特别引人注目，她叫娜娜，是使馆年轻外交官金松宝的宝贝女儿。

　　金松宝原定于3月下旬离任回国，当利比亚撤侨任务下达到使馆时，他回国的机票都已买好。张大使接到国内指令后，觉得使馆人手实在太少，便希望金松宝多留些日子再走。"听组织安排。"金松宝就这样留了下来。

　　当使馆派遣前方的邮轮驶往班加西接人时，后方我驻马耳他使馆早已忙得不可开交。一个仅有十来人的"微型使馆"，一下子要接待和迎送五千多同胞，需要办理各种手续和证件，金松宝夫妇已经几天没有合眼。听说第一船自班加西来的同胞马上就要进港了，夫妻俩异常高兴："娜娜，你也要去，我们全家都去接叔叔阿姨喽！"女儿听到爸爸妈妈这么一说，高兴得举起手就往外跑……

"好日子！真是天公作美啊！"港口码头上，"罗马号"还没有出现在海平线时，张克远大使已经早早地带着使馆人员和许多当地华侨来到码头。一面特意制作的巨幅五星红旗由 5 人拉着 4 个角，高高地扬起在岸头——那 5 个人中就有金松宝的女儿娜娜。小娜娜一只手扯紧着大红旗的一角，另一只手举着一面小国旗，她的一双明亮的大眼睛一直盯着海面，突然高喊起来："船，船来啦！船船来啦！"

"哈，娜娜眼尖，接同胞的邮轮真的来啦！"

"来啦！"码头上顿时欢呼起来，张克远夫妇、金松宝一家……他们都在欢呼，都在流泪，那份激动就像见到了久别的亲人。欢迎队伍里，还有马耳他的外交部长等马方重要官员。

"罗马号"离港口越来越近，岸头那面鲜艳的五星红旗已经被看得清清楚楚。"国旗！""我们的国旗！"不知谁最先喊了一声，于是整个"罗马号"沸腾了！同胞们全都从舱间奔向甲板，他们争相想早一眼看到飘扬在岸头的那面国旗……

500 米……300 米……离岸的距离越来越近，那面巨大的、格外鲜艳的五星红旗已经清清楚楚地跃入了大家的瞳仁里。甲板上方才还是一片喧哗，此刻许多人反而不再说话了，渐渐听到有人在抽泣，随后突然有人哇哇大哭起来，这一哭不要紧，它像放了闸门一般，甲板上顿时响起此起彼伏的号啕哭声，犹如海潮起伏……啊，那是绝望中看到希望的哭声，那是从死亡之路折回复活的泪泣，那是久别亲人后回家的幸福之泪。让热泪在亲人面前倾情流淌吧！流个够！

"来，兄弟姐妹们，别光知道流泪，快把我们的国旗也扬起来！"说话的是华丰公司的倪永曹，只见他又一次像变戏法似的从身后扬出一面同样很大很大的五星红旗。

"国旗！"

"国旗！"

此刻，岸头和海上，两面中华人民共和国国旗相映在蔚蓝色的天空和大海之间，相互呼应。顿时，在地中海的北岸，一片"祖国万岁""中国万岁"的欢呼声响彻云霄，并在海面上逆风飞扬，它激动了所有在场的中国人，也激动了当地的马耳他人。

"了不起！真是一个了不起的民族！"马耳他外交部长在张克远大使面前不停地竖大拇指。他还特意向刘美崑参赞表示感谢，因为"罗马号"顺便带回了几十位马耳他在利比亚需要撤离的侨民。

其实这样激动人心的场面，在希腊的克里特岛上演的时间还要早出十来个小时。陈夏兴他们的"奥林匹克冠军号"和"希腊精神号"两艘大型邮轮满载首批从海上撤离的 4370 名同胞出现在克里特岛时，那种场面自然更加激动人心，当时不仅国内高度关注，而且世界都在看着中国的撤侨行动。

同一天，英国首相在电视里很抱歉地在向国内民众解释，他们国家无力组织从利比亚撤离英国公民，希望他们自行想办法离开战乱区。

当时在西方人的眼里，中国不可能在短期内完成组织好几万人撤离的行动，所以当第一批四千多人从利比亚圆满撤离到希腊领土时，一向另眼看待中国的西方世界全都傻眼了。

2 月 24 日，美国外交关系委员会网站发表了中东问题专家艾略特·阿伯拉姆斯题为《谁是超级大国·来自利比亚的教训》的文章，文中写道："中国人不多饶舌，而是用实力向卡扎菲政权明确表示，不会容忍把任何中国公民置于险境。我们应该学习中国的做法，运用船只和飞机，采取明确可见的措施，显示我们的实力。美国需要向北京学习如何当一个超级大国，这真让人沮丧。"据称，利比亚拒绝批准美国派包机撤侨，美方改为租船救人，虽然船只抵达当地接载了 285 人，但因风高浪急，这些人滞留港口两天仍未能启程。

当地时间 24 日下午 2 点多，"奥林匹克冠军号"和"希腊精神号"出现在克里特岛，罗林泉大使率使馆全体前方工作人员早已在那里翘首以待。在场的除了中国记者外，还有很多外国媒体。欢迎人群中最多的要数当地的希腊人，他们中间还有一位重量级人物，他便是克里特岛省长安纳武塔基斯先生。

省长先生这一天似乎比罗林泉大使他们还要兴奋，这之前，希腊总理帕潘德里欧专门拨通了他的电话，仔细询问迎接中国朋友的相关准备情况，要求他和克里特地方政府全力以赴，周密布置，一定要把希腊人民对中国人民的真诚友谊传达给每一位登上克里特岛的中国人。"我一定要把总理先生和我们国家对中国人民的这份友好带给你们。"安纳武塔基斯先生再三对罗林泉大使说，他亲自在码头上与一位位上岸的中国撤侨亲切握手，并口中念念有词地说着并不标准的中文"欢迎"二字。码头上停着救护车，希腊医生和护士急匆匆地迎向艰难下船的伤病员。舷梯口上还有几位美丽的希腊姑娘，她们是志愿者，手里举着面包和矿泉水，给每位下船的中国人分发一份，把克里特的微笑送给他们。

"当时的场面在我几十年的外交生涯中也是少有的。那一天早上开始，直到中午时分，天气还非常不好，下了一场大雨，岛上的气温比较低。开始我们有些担心，怕同胞下船时冻着了，可就在邮轮到达港口前，天空突然风和日丽。我们更加高兴，也许这叫天助中国撤侨行动吧！"罗林泉大使事后说。

"是罗大使吗？现在前方情况越来越紧张，望你们迅速安置好已抵达的同胞之后，立即命令'希腊精神号'和'奥林匹克冠军号'返回班加西，那里还有数千人正在等候撤离，越快越好。"欢迎的仪式尚在进行之中，国内的指令又下达到罗林泉大使耳朵里。

"明白。已抵达的两艘邮轮在完成补给后，傍晚左右将先后出发，目的地班加西！"罗林泉回答。

"曦原，我这边实在人手太少了。尤其是现在已经来了这么多同胞，明天又有两三千人到，需要跟克里特岛当地各部门联系的事堆积如山。我想把精通希语的沈健同志留下，陈夏兴同志说他还可以去一次班加西，这样你得安排另一位同志随船走。你那边有人吗？"忙得不亦乐乎的罗林泉大使跟正在雅典守摊的二把手、政务参赞郑曦原商量。

"听您的，我立即把政治处主任刘威和经商参处窦爱东调派前方。不过，他俩走后，我这边基本就在唱空城计了。大使，我这边真的再也抽不出人了。你不知道，国内所有来去的海陆空许可证，我们使馆全都摊上了。我们还要直接管3条大船在海上撤离行动的全部任务，这会儿国内派出的第二、第三工作组的飞机许可还没办下来，部里又把协调任务给了咱。负责联络的老梁这几天腰椎间盘突出的病又发作了，站不起来。他是蹲在床头，一边一个电话，一头给希腊方面打，一头接国内的指令通知，说下地尿尿的时间都没有。"郑曦原说了一大堆让罗林泉大使堵心的理由，"要不这样吧，我看你那里有一个人让她换下沈健……"

"谁？"罗林泉自己想不出来他身边有谁适合随船去更加危险的班加西了。

"让李方惠去吧。"

郑曦原说这个人时很平淡，罗林泉大使则嚷了起来："不行，她是个女的！亏你想得出，把自己的老婆都押上去了！"

李方惠是郑曦原的夫人，北京市办奥运时，从外交部借调过去，在新闻宣传部当处长，因表现出色获得过北京市颁发的"三八红旗奖章"，关键时刻能够顶住事。但让女同志进入战区，承担了一定的风险。罗大使沉吟了。郑参赞又叮了一句："她是中国领事，应该往前冲。"听到这句话，罗大使同意了。他问郑曦原："想明白了？"

"想明白了！你告诉她，是使馆、是组织决定让她去班加西的。"郑曦原一口官腔。

罗林泉笑了："我才不做这个得罪人的事儿呢。一会儿我就去对小李说，是你家老公的意见。可以吗？"

"没关系。就这么说吧。"

邮轮第二次赴班加西的任务就这样落在陈夏兴和李方惠身上。

李方惠接到罗大使的命令时向大使敬了个礼，说："保证完成任务。"此前四个小时，她与罗大使的夫人乔力以及使馆其他同志刚刚将"希腊精神号"的两千多名中国公民编队上岸验名通关。她从来没有比此时对"2000人"这个数有更直观的认识。2000人，每50人一个组，像军团一样源源不断走出船舱，光是走出来就花了四个小时。这一壮观的景象引起驻在国媒体的极大兴趣，他们终于有机会亲眼目睹什么是世界第一人口大国了。

李方惠与刚刚赶到的领保第二特别行动小组会合。这个小组由外交部领保中心副主任李春林带队，成员包括商务部、公安部、安全部、国资委和外交部共8名帅气小伙，统称为"八大金刚"加一个阿庆嫂，与他们同行的还有中央电视台的两名记者。

毕竟此次任务非同一般，由于利比亚处在战乱状态，妇女去其实是很不合适的。"战争里没有女人"，郑曦原用这句话解释自己的决定。正在克里特岛参与前方接待任务的妻子接受赴班加西任务后，郑曦原在电话里特意叮嘱她，随船去的有国内新闻记者，她就别露面了，镜头留给那些为撤侨作出贡献的前方干部和群众，或多留给船长他们。作为全船的总指挥，她的任务必须完成好！

"任务完成好了，我跟罗大使说，使馆给你庆功！"郑曦原说。"少来！我只求你一件事，如果我'光荣'了，你就趁年轻再找个漂亮妞；如果没'光荣'，回来后就陪我去做半年美容，我得把地中海风吹黑的皮肤整过来！"妻子说。"这没问题！就是罗大使不给假，我也要偷着陪你去！”丈夫特慷慨地说道。

夫妻俩就是这样在手机里道别的。

就在李方惠坐上"奥林匹克冠军号"邮轮随陈夏兴的"希腊精神号"前后脚一起重返班加西途中，满载 2898 位同胞的"韦尼泽洛斯号"在地中海里与他们相遇。

"韦尼泽洛斯号"是条慢船，载运量却很大，所以走得相对要慢些。因为海路走的时间长，我驻希腊使馆的三等秘书李鹏一路上吃的苦头也是最多的。罗大使告诉我，李鹏的表现令他十分感动，小伙子从头到尾没有说一个"苦"字，出色地完成任务，将 2898 名同胞安全地带出了班加西。

当"韦尼泽洛斯号"到达克里特岛伊拉克利翁港时，罗林泉大使和使馆前方工作人员及克里特岛副省长库基亚达基斯照例早早在码头上冒雨迎候。船未停稳，甲板上已经传出震耳欲聋的"祖国万岁""感谢政府"的欢呼声。

当一名拄着简易自制拐杖的中年工人走出船舱时，罗林泉大使赶忙上前搀扶并慰问。中年汉子顿时热泪横流，说自己在利比亚被歹徒打伤后，是祖国救了他性命，现在又将他安置到安全地方。他边流泪边说："一辈子都不会忘记国家的恩情！"

这位中国工人更不会想到，他不仅能够死里逃生出来，而且一上岸，便发现祖国的亲人将他和先后到达的一万余名"逃亡者"，统统都安置到了一个天堂般的好地方。这里的树绿得亮光光，像要滴出油似的；这里的房子、街道，红白相映，格外分明。"这个海边小镇太美了，全跟画似的，我看了咋这么熟悉，好像在啥地方见过！"这位工人用手机拍了几张照片发给正在上海外国语大学上学的女儿。

"爸，你太幸福了！那是欧洲闻名、世界著名的旅游胜地——克里特岛啊！我们家里贴的许多风景壁纸，就是你现在待的地方，是我做梦都想去的地方呀！"女儿惊喜万分的回话，让这位中国工人咯咯地乐出了声："难怪我觉得像回家了似的！"

是的，这是祖国特意为他和那些从战乱中逃出来的同胞们安排的临时中转站——美丽如画的希腊克里特岛。

的黎波里，我来啦！

现在是什么时间？当地时间24日零点刚过。

此刻谁最着急？

东部临时指挥部的中建最着急，班加西岸边至少还有五六千人没着落，他们在等待的后面接应的几艘邮轮还不知啥时出现在海面上……暴雨和枪弹同时在袭击他们，每一刻生命都在悬着。他们不着急不行。

东边的我驻埃及使馆也在着急，已经从利比亚边境过去的八百余名同胞，现在正在亚历山大港口飞机场等候国内民航飞机来接，但一路经过的几个国家的通行许可证还没有着落。埃及政府已经给了很大面子，原先说好中国撤离人员从边境接到机场后，直接上中国飞机回国，不在埃境停留。照这样下去，中国的飞机迟迟不到，意味着中国撤离人员就得在埃境长时间停留，问题就会发生变化，这属于"外交事件"，如何处理？"埃及各地白天尚不安宁，夜间又要宵禁，我们近千人在人家土地上，不好办呀！"

西边的突尼斯也在着急，他们那里同样已经有近千人从利比亚过境，回国的飞机还没有着落。估计再过一天，从利比亚边境口岸拉斯杰迪尔过境到突尼斯的同胞人数将达到三四千人。"突尼斯边境的小机场，平时只能飞一两个航班、两三百乘客，现在一下滞留三四千人，甚至更多。如果国内的飞机晚来一天，我们压力太大了！"驻突尼斯使馆报告说。

南部临时指挥部更急，到现在为止，他们这里的五六千人唯一的撤离通道就是天上了。假如天上不来飞机，他们只能困在卡扎菲军队和反对派武装最后决战的地方，处境不堪设想……

但是，最着急的还是深陷最严重危机的利比亚首都的黎波里我驻利比亚使馆的王旺生大使。

"我们需要同所有的中资机构和中方在利比亚工作人员落实情况，还要动员他们及时撤离，向附近撤离地点集结，安排何时走、一次走多少人。现在光滞留在的黎波里机场的男男女女、老老少少就有几百名，他们已经在那里待了三天三夜，没吃没喝的，再不走会出大事的！"

"包机到底啥时候到啊？"王旺生大使让手下的人问了国内几十次，自己至少也催问了几十次。

"快了！就快了！"国内郭少春他们一次次这样回答他们，"前方在骂国内的领保中心。"

"我去骂谁？"黄屏浓眉紧锁，颇为无奈地冲郭少春说。

前方需要的一切也都是国内正在全力组织和处理的事。民航局、国资委、商务部……皆在全力协调处理之中。可是对黄屏他们来说，现在最需要的是得到前方的指挥主动权。上百个撤离单位、几万的撤离人员，分散在面积几百平方公里的地方，相互之间从来不曾有过密切联系和协调，通信处在全面瘫痪状态，形势一天比一天紧张，西方诸国正在步步紧逼，要跟卡扎菲玩一把"绝杀"……在这般形势下，肩负国家撤离任务的外交部领保中心比火烧眉毛还急！

"战斗能否取胜，对指挥员来说，取决于心中对整个战局形势的了解和把握。做到心中有数，才能正确地指挥，才能争取战斗的胜利。"黄屏此刻心里比谁都着急的是，他掌握的利比亚境内的情况十分有限！

通信不畅是关键。断断续续、零零碎碎报来的情况需要分析、筛滤，而且重复、多头、出入极大，所有这些直接影响着国内领保中心的整体指挥与安排。因此外交部和黄屏、郭少春他们把向前方派遣工作组看得特别重要——事实上这也是整个撤离战斗中最为关键的一步。

可是飞向利比亚的两架包机、3个特别行动小组至今还全都悬在空中……

"吉机长，你们快到了吧？"此时是北京时间24日凌晨6点左右，郭少春再一次直接同CCA060航班机长吉学勇通话。

"还有两个小时就能到达了。"吉学勇回答。

中国国航CCA060专机现在正处地中海上空。一个多小时后，开始从万米高空俯冲而下……地中海南岸已经在飞机航空仪表里呈现。

"报告，现在机外的气温为零下23摄氏度，的黎波里机场的地面风速为每小时70公里，有大雨……"70公里的风速等于8级大风，通常这是个不能降落的危险风速。

吉学勇看看仪表，又往机舱外瞅了一眼，然后将手中的握杆再次握紧。"地面给我们的降落时间有限，现在我们做好紧急迫降准备……"他镇静地向机组发出指令。

CCA060专机瞄准机场跑道，开始迎风俯冲……

"不好！前面的跑道上有个庞大的移动物！"吉学勇一声惊叫，机组人员的眼睛不约而同投向跑道上，只见一个方形的物体随风滚动着，正向专机下降的跑道方向移动……吉学勇一把握紧方向杆，滑行的机身微微转向，小心翼翼地避开了那个移动着的物体。

"是个集装箱。"

好险哪！吉学勇抹了一下额上的汗珠，向外张望了一眼，这就是的黎波里？外面黑糊糊的，没有地面人员来接应，没有通信信号。吉学勇拿出国内为他事先准备的利比亚制式手机与中国使馆联系，结果根本打不通。

"我们下去！"费明星他们行动了！

乘务长张奇峰帮助他们打开机舱门，突然一阵狂风，将费明星等吹得七倒八歪。

的黎波里给了中国特别行动小组的小伙子们一个下马威。好在不是机枪子弹，是飓风和雨水袭击。

费明星直起身，重新站到舱门口。怎么没人来管他们呢？他思忖着。依照国际惯例，飞机一落机场，舱门一开，地面人员便会上前给飞机接下去的舷梯，还有工作人员前来核对人数等程序。

利比亚的黎波里机场搞特殊不走这些程序？

"砰！砰砰砰！"突然，不远处几道细细的火光在黑暗的雨夜里闪动。

　　"是枪声吗？"有人问。机上所有的人都把耳朵竖了起来。

　　有人答："估计是。"

　　这就是的黎波里。啊，的黎波里，我们来了——中国政府的撤侨工作组来了！

　　费明星等小伙子的心头一下坚定了起来。

　　"没人管我们，我们就自己下！"费明星早已等不及了，开始履行前线指挥员的职责。

　　"我跟刘翔先下吧！"李玥请求道。他是领事司认证处副处长，自然是费明星这组的得力干将。

　　"行，先到候机楼里看看情况，尽快找到我们的人。"费明星表示同意，并让他们带上一部卫星电话。

　　"报告司长，我们已经到达目的地。"费明星看着李玥、刘翔下去，心里却异常担心。他回头打开另一部卫星电话，在舱门口拨通了国内的电话。北京时间此时正好是24日早上8点，的黎波里时间应为凌晨2点左右。

　　"太好了！你们的任务，一是马上与使馆王旺生大使取得联系；二是把滞留在机场的二百多名同胞送上飞机。"两天来心急如焚的黄屏接到费明星的来电，顿时振奋起来。现在，国内总算可以及时了解前方情况并直接指挥撤侨。

　　李玥和刘翔带着沉重的卫星电话直奔候机楼，一看情形就傻眼了。人山人海的现场，混乱至极，各式各样的人都在等候乘机，可是机场工作人员不知到哪儿去了，只有武装的军警在那里维持秩序。想逃离此地的各国侨民似乎并不在乎军警的阻挠，不停地想往机场里面冲，如此举动，换来的是一阵阵令人恐惧的怒骂声和"砰砰"的示警枪声。

两人不敢在候机楼里待着，便想走出去碰碰运气，看能不能租辆车子到使馆。从国内出发时，李玥他们得知我驻利比亚使馆距的黎波里机场也就一二十分钟的车程。

"你们是国内来的工作组吗？"正在李玥、刘翔四处张望时，一位急匆匆的中国人过来问。

"是，你是……"

"我是使馆的政务参赞王旭宏。"

"哎呀，是你啊，老王！我们都急死了，半天也联系不上你们呀！"李玥一把搂住王参赞说，"我们一起来的人还没下飞机呢！"

王参赞一听便说："那我先进去把他们接出来。"王参赞哪能想到平时几分钟的事，这回他用了一个多小时才办成。这让费明星他们整整在飞机上待了近两个小时。

"我们的人在哪儿？我去看看。"费明星一到候机楼，第一件事就是想看看自己的同胞——他知道他们已经在机场待了三天三夜。"这个鬼地方，待一天烦死，待两天臭死，待三天想吊死都找不着地方！"接应的王参赞指着挤得里三层外三层的候机大厅，对费明星一行说。大使馆于 21 日开始就在这儿准备送一批同胞出去，可就是出不去。现在在机场一共有二三百人，多数是妇女和儿童。

"你带我去跟机场的人说说，我要带我们的同胞马上离开这儿。"费明星提出。

"只能试试看。"王参赞说他这几天几乎天天来跟机场的人说，希望他们安排中国人离开，但没一次是成功的。

费明星不懂阿拉伯语，见王参赞叽里咕噜跟机场管理人员说了半天没什么效果，便把王参赞拉到一边说："你当翻译，我去试试。"

费明星走到一位官员模样的利比亚人面前，说我是中国政府派到这儿来接人的，希望你们帮个忙。利比亚人只管摇头，并不答应。费明星又说：我们接人是为了他们的生命安全，这是因为你们国内发生了状况，所以我们才这样做的。

费明星为了赢得对方的好感，便编了一个故事，说他家乡四川的人一讲起非洲，就会说非洲是中国的朋友。既然我们中国与你们是朋友，朋友帮朋友，你们让我们的人上我们派来的飞机吧。"朋友"似乎友好了一些，但坚持认为机场已经管制，所有飞机都不能飞行了。

"那我们不是刚刚才飞进来的嘛！"费明星说。

"你们是进来，他们要出去就不行。"

活见鬼！费明星心里骂了一句，脸上却仍然笑眯眯地说："问题是我们的人已经在机场几天了，他们都是妇女和儿童，再不走，他们会有安全问题。"

"这个……这个我们也管不了。"

利比亚确实乱极了，乱到他们对自己国家的事都不知如何处置。

"能让我去看看我们的同胞吗？"费明星提出。

利比亚人答应了。他看到费明星还带了两个人，便伸手阻止："只能去一个。"利比亚人态度很坚决，看到费明星肩上挎着照相机，便使劲摆手，一把抢了过去说："这个不行！"

无奈，费明星只好空手随一位利比亚人向机场候机楼的一侧走去。在一个较偏的角落里，费明星看到横七竖八躺了一地的中国妇女和儿童，以及一些年岁较大的中国男子。

费明星的出现，令他们一阵骚动。"各位同胞，你们辛苦了！"不想费明星的一句开场白，顿时让现场哭哭啼啼起来，许多妇女甚至有些情绪失控。

"大家听我说，听我说，我是国内派来的工作组组长，我给你们带来了党、政府和全国人民的问候！你们的亲人也在家里等待着你们。我们还带来一架包机，是专门来接你们回去的！"

现场的哭声即刻变成了掌声和欢呼声。

"是不是现在就走？"

"走啦！"

"别急！大家别急！"费明星嘴里说着，额头却一下淌出了汗珠，"飞机到底什么时候走，我们使馆正在和机场协调，请大家相信，你们很快就能回家了！"

又是雷鸣一样的欢呼。

"走！你必须走了！"几个利比亚人对费明星生气了，他们又扯又拉地将他赶到了刚才的候机大厅。在这里，费明星见到了王参赞和李玥、刘翔等同机的 6 名队员。

"把机场的事交给我们！你们上使馆去吧。"王参赞见费明星不放心，便这样说。

到使馆的路并不算远，但费明星一行看了看王参赞的小车，便知道这趟路绝对不好走。王参赞车子后窗玻璃已被子弹打碎，两边的车门显然是被硬器敲砸过。再看看机场外的道路上，一队队利比亚军人个个荷枪实弹，眼睛警惕地盯着每一个来来去去的人。"他们怕反对派的人混进的黎波里来，也害怕外国派间谍和特种兵到这儿，所以我们行动必须小心点，尽量表现出很光明正大的样子。"王参赞说。

"我们本来就是光明正大来接自己的同胞。"工作组的队员们又生气又无奈地挤进王参赞和华为公司派来的小车里。一路上，与他们迎面而过的是一队队卡扎菲的军队。费明星和队员们真正强烈地感受到了战争的恐怖气氛。

"到使馆时，已经天亮。王旺生大使和使馆同志为我们备了热汤热饭，他们尽量表现出一副轻松的样子，可我心里有些痛，他们一个个脸色阴沉，难看极了！"费明星在接受我采访时说。

费明星虽然能够想象王旺生大使和驻利使馆的工作人员这一个星期来是怎么度过的，但如果不是亲身经历，再丰富的想象和猜测在残酷无情的现实面前都显得苍白空泛。那一个个生死未卜的白日和恐怖异常的不眠之夜，对任何个人或是群体来说都刻骨铭心、终生难忘！

王旺生和使馆工作人员在过去的一周里，几乎把中国外交官在海外所能遇到的危险和困难都经历了。

在西方力量的支持下，反对派势力迅速崛起，这时候中国坚持的尊重主权政府的外交方针，受到了最严峻的考验。这是王旺生大使最苦恼与无奈的时刻：当利比亚整个局势日益动荡，当局政府岌岌可危时，你还必须与之打交道和表态。

利比亚局势动荡的背后，有一只巨大的无形之手，那就是以美法为代表的西方世界。南斯拉夫事件中的中国使馆被美国强盗式地袭击，至今清晰地留在我们记忆中，王旺生和他的使馆同事不会想不起中国外交史上少有的这惨烈一幕。

"没有，我们真的没有感到特别惊慌和紧张，一直按照国内的指示，始终坚守在使馆。"王旺生只差十几个月就要退休了，就要永远离开他工作了一辈子的外交岗位。在我采访他之前，想象着这位大使一定有许许多多苦水向我倒，可是我竟然没有听到他的一句牢骚话。

当时在利比亚撤侨前后，国内有不少对他和大使馆的非议，比如说他们事先对利比亚局势缺乏准确把握和预测，对在利中资企业和中方人员的情况了解太少等等。王旺生听后十分淡定地笑笑说，从突尼斯动荡开始，他们就已经警惕和动员起来。当时他们就向国内报告了针对这一地区的看法：执政者长期以来搞独裁，下层民众诉求得不到合理解决，早晚将引发国家动荡。这些意见和情报对我国日后处理中东、北非地区的外交事务起了积极作用。

对于在利中资企业和中方人员，大使馆了解的情况与实际差异确实很大，这也是后来加大撤离工作难度的一个突出问题。

"中国对外开放后，尤其是近几年，国内企业和普通公民在'走出去'方面的动作比过去大大加大，渠道也多种多样，比如在利中资企业，他们有的是直接投标进去的，有的是通过搭乘外国公司进去的，有的甚至是转承包第三国、第四方工程才进去的。这导致了我们官方估算的在利人数与实际人数有很大出入。利比亚时局一乱，中资企业、中方人员都来找我们使馆，都希望使馆帮助他们解决困难，使馆工作人员全力以赴，扶危济困。我们问心无愧，认真履行了国家赋予的职责。"王旺生大使说。

在王旺生大使身上，有一种可贵的精神和心态：任何时候，听不出他的急躁，听不出他的埋怨，听不出他的情绪，听不出他的夸张，实实在在，平静始终，机智大度……这不就是一个职业外交家的素质和国家大使的典型形象吗？

我听到许多关于王旺生大使和使馆工作人员在大撤离前后的感人故事。

当国家决定撤离后，使馆通知到某中资企业时，对方拒绝接受撤离命令，理由是他们公司在利的承包工程有十几个亿的金额，且项目已近收尾阶段。"如果现在走了，我们损失太大！"公司负责人这么说。

"撤离是国家的命令，你的手下有上千人，他们的生命更重要。"王旺生说。

"人的生命固然重要，但国家利益我必须捍卫！"公司负责人态度坚定，仿佛只有他是国家利益的守护者。

"你要相信，只要利比亚主权在，只要我们使馆在，我们就不会放弃中国在利比亚的利益。"王旺生回答。

"那我服从你的指令，我们同意撤！"这位公司负责人终于答应。第二天，公司派人来到使馆，找到王旺生大使，说光有口头的承诺不行，大使馆还得给他们公司做后盾。他们的项目工地人一走，所有设备和东西都没有人管了，请使馆出面帮助他们跟当地武装或长老联系联系，争取请对方保护好公司的项目工地，以便利比亚日后不乱时再回来完成项目。

"这没问题，你们放心撤就是了。"王旺生痛快答应。

后来王旺生大使派武官和参赞数次冒死穿越炮火连连的战乱区，跟当地长老商谈，请他们看护中国公司施工工地，并签订相关协议。这类事王旺生大使和大使馆做了不计其数。试想一下，当一个个中资公司的撤离人员大举离开施工现场，甩下追赶他们的暴徒和躲避子弹炮火之时，王旺生大使和使馆工作人员却与撤离人员逆向而行，去那些最危险的工地找武装力量或长老们谈判，求取对方出面保护中方公司利益。这是何等的精神？这样的事，王旺生大使自己说不清做过多少件，使馆也没有记录过，他们只告诉我一句话：这都是使馆的义务。

我知道这义务是要用生命去履行的。

那批滞留在的黎波里的人员以妇女、儿童为主，其中有十几名年轻妇女是前面提到过的女留学生。在她们遭受暴徒围攻的紧急时刻，使馆人员挺身相救；她们决定撤离时，校方坚持"要走就放弃学籍"的态度，为此，王旺生大使多次出面与校方交涉，直到校方最后同意我留学生撤离，同意保留她们的学籍。

在的黎波里，除中资企业外有一批以私人名义来投资的中方人员，他们大多是开饭馆或办旅行社的。撤离的指令下来后，这些人不愿离开，他们担心自己的小本经营泡汤，也有人怀着看看再说的侥幸心理，消极对待撤离。

王旺生大使只得派人去做工作，去一次不行，就去两次，实在动员不了，王旺生大使还得亲自出面。"都在打仗，你生意何来？"王旺生对中国小老板们说。

"赚不了钱，也不能血本无归。"小老板回道。

"命要紧还是钱要紧？"

"两者都要紧，眼看投资就要泡汤了，人想办法毕竟还能活着。"

"人能不能活下来，今天说了不算，明天、后天你能保证就活得下来？"

"怕啥，你王大使不也在这儿待着吗？"

王旺生大使只能苦笑："我是代表国家，只要政府没有撤离使馆的命令，我就得做到人在使馆在。你不一样，你的钱和你的命是你自己的。"

小老板开始对大使肃然起敬："那……我们跟你一起走！"

王旺生又笑："我是大使，即使利比亚口岸海关全关了，他们还得放我出去。你不一样，到那时你就出不去了。"

小老板一想，说："对，还是听你的，我们撤！"

王大使和大使馆在利比亚撤侨过程中，除了指挥成千上万人的国企大队伍，还要做一些分散的、不知从哪个地方突然冒出来的个体户和自由散居中国公民的工作。

首批准备从的黎波里撤离的人员，原计划在 21 日、22 日就要走的，但一直联系不上飞机，后来国内决定直接派包机来接应。可利比亚航空局处在混乱之中，连人都找不到，办中国飞机出入港的许可证难住了王旺生大使他们。好不容易拐弯抹角找到利方人员，人家说：你们中国跟我们友好，干吗要撤？王大使他们说，你们这儿乱了，不安全。人家满不在乎地说：不会乱，子弹飞不到你们中国朋友的头上。那人刚说完，就被不知哪儿来的子弹打掉了他的下巴，血流如注。王旺生他们拿到的中国飞机在的黎波里机场的出入港许可证能闻到血腥味……

战乱时的大使是最难当的。

23 日，听说国内派出的飞机已经从北京起飞，王旺生大使就和使馆人员清点滞留机场的第一批准备回家的中方人员，以便飞机上能坐多少人就走多少人。就在这一天的凌晨时分，王大使还没有起床，使馆工作人员在迷雾中看到一个蓬头垢面的中国人摇摇晃晃地向使馆走来，他身上只穿着一件短袖衫，手里拿着一个塑料袋。他说他在一个日本企业工作，老板不放他走，所以连回国的工资都不给他，他的相机也被收走了，只给了他一瓶矿泉水和一个面包。"我走了四天四夜，我想回家，我想只有找到我们中国的使馆我才能回家……"这位黄先生到利比亚才十几天时间，人生地不熟，他说他能走到大使馆，是要归功于他平时爱好摄影。"那天我从使馆办证后，在去那个日本公司的一路上，拍了不少照片。我这次亡命逃难，就凭这些照片上的路标和街景。"黄先生哆嗦着从塑料袋里拿出几张照片，这是他的救命稻草。

"你们是我的救命恩人！"为照顾受尽苦难的黄先生，使馆破例在第一架，也是唯一一架直接到利比亚接侨的包机起飞时，安排他与其他 222 名中国妇女和儿童一起离开的黎波里。

"再见了，的黎波里！"

"别了，战乱的利比亚！"

北京时间 24 日 13 点 30 分（当地时间 24 日上午 7 点 30 分左右），的黎波里机场突然听到广播里在喊着"请中国乘客马上登机"的话语，已在候机楼等待三昼夜的二百多名中国妇女和孩子及部分老年男子，激动得热泪盈眶。他们纷纷拎起随身行李，走向出境口。

"中国人走了！"

"中国人多幸运！"

几万人拥成一团的大厅内，又是一阵不小的骚动，各国侨民用无比羡慕的目光看着中国人从死亡线上离开……

二十五分钟后，CCA060航班迎来瞬间露出的一片晴空，腾空而起，朝着东方古国飞去。

"各位同胞，大家好！欢迎乘坐中国国际航空公司的包机。我是机长吉学勇，现在我和机组全体人员，向你们表示祝贺，祝贺你们胜利回家！希望国航的这次飞行能将祖国的温暖传递给你们，祝大家旅途愉快！"

机长吉学勇通过机舱内的喇叭刚说完这番话，机舱内便爆发出一片欢呼声。

"我们回家啦！"

"感谢国航！"

"祖国万岁！"

此刻，地面上的王旺生大使对费明星说，向国内报告吧，CCA060包机已载223名同胞从的黎波里起飞……

"黄司！我是费明星，现在向你报告……"

利突边境，上演万人方队……

"费明星啊费明星，部里派你带队冲向火线是干什么的？利突边境现在有上万同胞出不去，你好意思闭着双眼睡安逸觉？起来！

立即出发！"费明星惊出一身冷汗，"噌"地从地板上跳起来。

"黄司，我没睡！郭司，我真的没睡！"费明星瞪大眼睛，四周寻觅黄屏司长和郭少春副司长……人呢？他们没在我身边嘛！费明星揉揉眼，明白自己是在做梦。

"费明星！费明星！回话！回话！"卫星电话里传来的真是黄屏司长的声音！

"黄司，有何指示？"费明星迅速用卫星电话请示国内。

"现在你们在哪儿？"黄屏司长问。

"在使馆。"费明星一边接电话，一边见身边的几位队友像几年没睡过觉似的，东倒西歪地躺在地板上，便用脚一个个踢醒他们。

"利突边境和米苏拉塔都很吃紧，这两个地方的撤离一线，你小组全权负责。出了事，我向你问罪！"黄屏的口气很凶，凶得很像巴顿将军。他顿了顿，很快又换了种口吻："你也一定要平安回来！把你的小组成员都平安带回来！无论谁出了事，我都饶不了你！"费明星听了这话，心里既沉重又温暖。

费明星他们到达的黎波里后，由于王旺生大使不同意他们马上到前线去，无奈之下他们只好等着使馆下达可行的通知。"也就眯瞪了一两个小时，这不，国内的紧急指令就把大家全叫醒了！"李玥其实没睡，他悄悄地用QQ跟国内的领保中心同事发了上面的这句话。

　　这一天，费明星着急死了，他想出去到的黎波里街头看看局势，王旺生大使不让他去，说是外面乱得很，要出去也必须坐他的车。可他的车随他忙着跟当地各中资企业和利比亚政府部门及相关人士联络千头万绪的事情，根本没有一点空闲工夫给费明星他们使。下午费明星主动与东部班加西、中部米苏拉塔及南部塞卜哈的中方前线临时指挥部取得联系，得知中部的米苏拉塔形势相当紧张，便又想连夜去那儿。

　　"那里在打仗，我要对你们的生命负责！再说，我们的武官在那儿，眼前的事由他处理。"王旺生大使还不松口。

　　"我们不是来吃干饭的！"血气方刚的费明星哪受得了这般束缚。

　　"这样吧，今晚你们先到武官处去住下，等候我的出发通知。"王旺生大使考虑了一下说。

　　这一夜费明星和队员们虽有地方落脚，但每时每刻都心急如焚。好不容易盼到天明，但大使馆依然没有下达允许他们出发的通知。

　　"不行，我们必须行动了！我们是国内派来的工作组，得对撤离全局负责。"费明星在请示国内和征得王旺生大使的同意后决定，小组一分为三，由他带懂阿拉伯语的宗宇和公安部出入境管理局的林先昱与使馆的李庆生，负责去利突边境打通那个地方的万人撤离通道；再派李玥和商务部的郭虎到米苏拉塔；剩下队员留在使馆帮助协调和联络。

谁心里都清楚，前往利突边境和米苏拉塔的两支小分队，等于是往死里冲，那两条路线从23日起，已经完全处在混乱之中。当时，卡扎菲和反对派都想控制对首都的黎波里形成直接威胁的胡姆斯和扎维耶，而这两个城市及其周边，是费明星他们两个小分队必经之地，此番征程，凶多吉少。

临行前，费明星命令小分队成员把从国内带来的全部装备都武装在身上，什么防弹衣、头盔、警棍……没有当过兵的年轻外交官们颇有些新奇感，仿佛有了真正军人的样儿。

不行，头盔不能戴。你这一戴人家不知你是哪个派的，弄不好子弹先朝你飞来。王旺生大使不建议他们戴头盔。

警棍也太显眼，你一带它，反而让对方感觉你有袭击他的可能。这也不要带了。王旺生大使又说。

防弹衣最好穿在里面，不能露在外面。

刚刚全副武装的小伙子们全被王旺生大使卸了个光，有些泄气。"这样反而更安全。"大家最后觉得王旺生大使的意见是对的：我们既然是为人道与和平而来，就要让激烈打仗的双方理解，最好以平民与和平的方式出现。

费明星拿出从国内带来的两面国旗，自己留了一面，同时给了李玥一面。"关键时刻，它比什么都重要。"他说。

第一特别行动小组要分开出发了！作为组长，费明星神情变得异常凝重，他看看从一架飞机上出来的队友，他们的表情也异常凝重。"同志们，现在我讲几句话……还是像飞机上说的，如果我们几个人出发了却没能回得了家，但两三万同胞能够平安回家，那我们就没什么可遗憾的了，因为祖国和人民会永远记着我们的。请牢记我们的任务！"费明星用简短的话作了战前动员。

"我们7个人合个影吧！省得到时……"有人提议，但大家互相对视了一下，没人响应。合影没有照，他们只是相互拥抱了一下，那是无声的、生离死别的拥抱！

"出发！"费明星带队上车。他的小分队最先行动，共4辆车，其中有两辆是中资公司的随行车。费明星雇的是两位利比亚司机，他们相对熟悉路况，并且能应对路途上的突发事件。

车子启动的那一刻，的黎波里城内突然响起连续的巨大爆炸声，显然是反对派所为，政府军立即无目标地回击，于是枪声响成一片……

"我们绕道而行。"坐在副驾驶座位上的费明星对利籍司机说。从的黎波里到利突边境口岸拉斯杰迪尔其实路程并不远，近300公里，中间经过扎维耶、塞卜拉泰和祖瓦拉，而这3个城市则是反对派在控制班加西之后，从西线围攻首都的黎波里的主要阵地。卡扎菲自然清楚，东部的班加西失控后，他已经等于断了一只左胳膊，如果西线这几个城市再失去，那么好比他的右胳膊也被砍断。

因此从24日起，扎维耶、塞卜拉泰和祖瓦拉的争夺战到了白热化的程度，而从这一条路逃往突尼斯的难民也是最多的。当东部的利埃边境关闭后，西线的利突边境就成了唯一一条可以从陆路撤离的通道，几十万各国难民纷纷拥向拉斯杰迪尔口岸，使得这一小口岸基本处在瘫痪状态。

究其原因，除了它无法一下接纳这么多的人员出境外，更重要的是口岸海关人员大多数是外籍雇员，他们早就逃之夭夭了，留守在那里的只有少数利籍职员和大批军警。口岸的混乱可想而知，然而想从这里走出去的中国公民有万人之多！

形势十分严峻。国内领保中心最为担心的就是这多达万人的同胞一旦被困在这东不着村、西不着店的沙漠之地，后果将不堪设想！

泰山之担，现在压在费明星他们肩头。

小分队刚出的黎波里不到10公里，突然大路中央出现一队持枪军人，远远地在挥手。

"像是卡扎菲的军队。靠过去。"费明星轻声命令司机。

哪知司机做了一个与费明星命令相反的动作，猛地刹车停住。

"为什么？"费明星的心一下提到了嗓子眼。

"我不敢过去。他们会把我们当成班加西派来的……"司机吓得已经在打哆嗦。

"你这样不更容易被他们怀疑吗？"费明星觉得司机思维有问题。

"不行。我不敢。"司机坚持道。

费明星无奈，只得带着队友宗宇从车子里下来。他想这样也好，可以让前面的军人看到他们是中国人。

"中国人，你们到哪儿？干什么去？"当费明星往前走时，那些持枪的军人远远喝问道，示意费明星他们把手举到头顶。

"我们是中国政府派来的外交人员，到拉斯杰迪尔口岸去帮助我们的人撤离。"费明星边说边让宗宇翻译，并且亮出护照。

军人们并没有放松警惕，枪口一直对准费明星他们。验明身份后，进行搜身，费明星很聪明，离车时有意把手机塞在座位底下不易被找到的旮旯里，但宗宇的手机却被没收了。

宗宇有些急了："这个我有用！"

费明星赶紧使眼色：让他们拿去吧。

第一关并没有将费明星他们怎么样，却损失了 3 部手机、1 部照相机。这也足够要命的，不管是小分队，还是随行的中资公司人员，没有手机等于聋了耳朵。最引人注目的是那部卫星电话，利方军人没有见过这机枪似的玩意儿，非要没收，费明星极力坚持道："我们是中国政府派来你们这儿撤侨的，如果没了它，我们就无法与国内联系，也没法及时通过我们的使馆与你们政府有关部门取得联系。"军人们听了费明星的话似乎觉得有些道理，眼睛却盯上了车上的一箱箱物品。

费明星心领神会："搬！让他们搬几箱！"

这算是第一道关。可就是第一道关下来，帮费明星开车的两个利籍司机开始不停地嘀咕起来，说他们不敢顺着大路走了。费明星也看到，军人们在盘查费明星他们几个中国人时，有军人拿着枪，直接对着两位利籍司机的头，叽里咕噜问了一大通，那口气就像是查问间谍似的。

费明星想了想，觉得司机的话也有道理，绕道走可能会少一些盘查的关卡。于是，4辆车避开大路，由司机引领，时而穿梭在村庄与沙漠荒野之间，时而越过城镇偏僻的非干线公路，小分队哪里知道，这些地方其实同样是反对派武装和当地准军事部队厮杀之地。

"趴下！趴下！"

"我们是中国外交官！"

"叫你趴下！"

"听我们向你解释……"

"闭嘴！闭嘴！"

在一个小城路口，一队准武装人员见费明星他们的车队过来，上前不分青红皂白将车上所有的人拉下来，然后用枪命令他们一个个举起双手，俯卧在地。费明星想开口告诉对方自己的身份，人家根本不予理会，一顿吆喝之后，又在车上抄了个底朝天，有个头头模样的人一把揪起费明星问："干什么的？"

"我们是中国外交官，去拉斯杰迪尔，那里有我们的中国公民需要帮助出境。"费明星说。

"那里不能去！"

"为什么？"

"没有'为什么'，那边在战斗，你们中国人不能去。"

费明星从对方的口气中品出一些味道：对方在怀疑我们中国人的立场。利比亚动乱初期，由于中国政府在联合国有几次没按照西方国家拟定的制裁利比亚政府的方案行事，使得利比亚国内的一些反对派势力认为中国偏袒卡扎菲政权。这种误会在当时确实存在。

"请你们相信，我们中国政府从来不会干涉你们国家的内部事务。我们尊重你们国家的主权和人民意愿，同样也希望你们尊重我们的权利。现在你们的国家在打仗，我们那些前来帮助你们盖房修路的公民无法工作了，他们要通过拉斯杰迪尔口岸回国，我们前去帮助他们过境，这就是我们往那边去的全部目的。"费明星严正陈词。

准武装人员用拳头捅捅费明星和其他队员的背心，他们知道是防弹衣。"脱下来，留给我们吧。"这个要求是否算对方某种回应？费明星等相互使了下眼色，有队员说，给吧，不给走不了啦！

"先别忙着脱。"费明星用眼色制止，"要给也是我给。"战友们的安全是费明星心头另一个重要职责。

"是这样，"费明星换了一种口气，向纠缠他的准武装人员解释，"你们知道，我们是政府派出来的人，所有身上的装备，在国内时都有签字，是不能丢失的。如果要其他的东西，你们可以挑。"

又是一番折腾，车上再次被搜刮走一批物品。

"这样下去，我们到口岸差不多只剩下裤头和背心了！"队员们沮丧地调侃起来。

"只要能活着到边境，即使被扒光了也算是一种经历吧！"费明星一面鼓励战友，一面指示大家收拢一些密藏的现金："后面的关口，恐怕得靠这些'武器'了！"

前面就是扎维耶了！费明星他们远远就听到了城内激烈的枪

声，通往扎维耶的大大小小道路上，奔走着各式各样逃命的人群，混杂其中的武装人员不时开着乱枪，其情其景，令人恐惧。

"费，你能放我回家吗？"利籍司机突然一脚踩刹车，把车停在路边，哭丧着脸乞求费明星，"我有老婆和4个孩子，他们希望我活着回去……"

要命！这是费明星最担心和忌讳的事之一。不是离开了雇员他费明星不能开车，而是有利比亚人在车上，一路与利方各种人员沟通起来必然好处多多。费明星看看两个司机，皱了皱眉头，然后和蔼可亲地道："我知道你们担心生命安全，这能理解。不过我们现在确实需要你们帮助，因为在你们利比亚边境上有我们上万人过不了境。他们原先是来帮助你们盖房子、修路的，他们家里也都有老婆和孩子，他们也想回家跟家人团聚，可现在就是因为出不去，面临被你们的人乱枪打死的危险。一万多人啊！这一万多人都是你们的朋友，是来为你们建设家园的中国朋友……我们就想请你们帮帮忙，把我们送到边境，事后你们就回家。行不行？"

司机沉默。

"那好吧，如果你们一定要回去，就把这个带给你们的家人……"费明星掏出两沓现金，分别交给利籍司机。

"我们上车吧。"费明星朝自己的队友挥挥手。

"费，等等，我们去！我们愿意跟中国朋友一起到拉斯杰迪尔！"两名利籍司机改变了主意。

费明星笑了，高兴地腾出驾驶座。车队继续向扎维耶挺进……

"嗒嗒……"不知从哪儿突然响起一阵猛烈的枪声。"趴下！""趴下！"费明星一个骨碌，从车子里翻滚出来，然后摔倒在路旁的一条浅沟里。他伏在地上，见车上的其余几人学着他的样子，全都连滚带摔地贴地伏在沟里。

"回国后有人问我，子弹从头顶飞过是什么感觉，我告诉他们，啥感觉都没有。因为那一瞬，我们的脑袋里都是空的，啥都不知道了！"费明星后来经常对熟人这么说。

过了一阵，枪声消失，子弹不再在头顶飞过了。费明星拢了拢头发，把尘土拂掉，想竭力表现得镇静，但他发现自己说话时舌根有些硬。再看看大家，一个个脸色铁青。什么叫恐怖？这是真正的体验。

好一阵子车上死一般的沉默，没有一个人说话，只有隆隆的发动机轰鸣声，长龙般的飞尘在车后被甩得远远的……

前面又是一个关卡。几十名警察见费明星他们的车队过去，一拥而上，举着冲锋枪、短枪，像赶鸭子似的将费明星一队人赶到一个角落。"完了，这伙人是要对我们下手了！"有人轻声说。再看两个利籍司机的裤裆全都尿湿了。

"死也要死个明白。"费明星让宗宇跟着他，跑到一个头头模样的警察身边，先是套近乎，再是聊天。

"你们最好不要出声！"那警察头目狠狠地瞪了费明星一眼。

费明星把嘴紧闭上，上牙咬着下唇，心想，就这么完了？自己完了不要紧，边境上一万多名同胞怎么办？不行，临死前至少还得争取一下。

"你看我们……"费明星刚张嘴，那个警察头目就用手做了一个"no"的动作，说："现在外面在戒严，你们不能行动！"

原来如此！费明星一下坐在地上。他回头示意同伴："你们还站着干吗？就地休息吧！"

"不杀我们啦？"队员们欢呼起来。

"没人想杀我们，是他们在戒严……"费明星觉得自己的后背一下变得冰凉冰凉的，像淋了一场雨。

"从的黎波里到拉斯杰迪尔口岸，我们绕了五百多公里，走了整整八个小时，前后经过五十多个关卡。这期间，每一次经历，都可以写成一部小说的惊险片段，用'惊心动魄''生死考验''彻底崩溃'这样的词来形容当时的情景，我看一点不过分。总之，到过最后几关时，我们的神经基本上麻木了，要剐要毙，随他们便，只要放行就成！"费明星后来在给我讲述这段经历时，连续用了几个"不堪回首"来形容。

其实，费明星他们遇到的惊险和困难才刚刚开始。

等到了拉斯杰迪尔口岸，费明星才知道什么叫乱七八糟，什么叫乱象丛生。一个边境小口岸，四周是一望无际的沙漠，几间房子周围，聚集了准备出境的各国难民，足足有几万人之多。海关大厅里早已挤得水泄不通，口岸附近的几块足球场那么大的沙漠地上簇拥和坐满了人群，在他们身边，是小山一样的垃圾堆。

口岸建筑的门框和栏杆不是破碎就是断裂，持枪的军警在人群中来回穿梭，一旦发现可疑者，上前就是一阵拳打脚踢，若有反抗者或逃跑者，必定被无情地击毙……这就是拉斯杰迪尔。

费明星找到几个中国工人问利比亚方面为何不放行。

"我们没有证，他们就不放我们！"中国工人有气无力地说。

"你们来这儿几天了？共有多少人？"

"两天三夜了，有五百多人。"

"有生病的吗？"

"有，前一天夜里下暴雨，他得病了。"有人指指地上躺着的人说。

费明星过去俯下身子，拍了拍躺着的工人，顺手在他额头上一摸："可能发烧了！"

不能这样下去！必须尽快想法让他们出境。费明星一下感到问题的严重，因为除了这里的数百名中国工人外，整个西部地区还有近万人正在向拉斯杰迪尔口岸集结，他们将同样面临无证出不去的问题。

正当费明星想着如何处理眼前的困境时，突然他发现一群又一群的中国工人带着惊喜的脸，向他奔拥过来。他以为出了什么事，心头一阵紧张，他们要干什么？但马上就发现，工人们并没有扑向他，而是绕过了他……

费明星回头一看，哟，原来是宗宇把他们带的那面五星红旗高高地举了起来。

"我们来人了！"

"我们有救了！"

中国工人们围着国旗，转啊转，说啊说，有的甚至高唱起来，好像见了久别的亲人，好像冬日里看到了太阳……费明星感动了，国旗、国家，对那些在海外遭受苦难的同胞们来说精神慰藉是如此之大，他们对其热爱和依恋的情感是如此强烈，这样的感动也许只有在海外才能真切体会，才会珍惜其分量！费明星的眼眶一下湿润起来。

"来，把它高高地竖起来！"工人们真的有办法，也不知是谁，三下两下就把宗宇手中的国旗用一根杆子挑起，高高地竖在那片沙漠地上，于是四周原本零散坐着的中国同胞们纷纷地围在了国旗跟前，有人在哭泣，有人在抚摸它，更多的人在凝视它……这一幕让费明星牢牢地印在了脑海之中。

"同志，你们是国内派来的工作组吗？我是中南院的，这里口岸的情况我比较熟悉，你们需要我时尽管吩咐！"一位年轻的女同志意气风发地主动过来向费明星请战。

"请问你的大名？"

"我叫高晓林，是森林的林。"

费明星笑了，心想，真是一位很有男性化风格的女同志。"晓林同志，刚才我到口岸上与利方人员交涉时，发现他们对我们的态度很不友好，你知道是怎么回事吗？"

高晓林将费明星拉到一边，轻声说："是我们这队人白天想过关，可身上又没证件，于是跟利方海关人员顶起牛来。生气的中国工人把口岸的门给踢坏了，这样利方人员对我们中国人的态度也发生了变化。"

原来如此！

费明星沉默片刻，叫上宗宇，出现在那几个利方头目面前。他把自己的名片递上，陈述自己是中国政府派到此地的工作组组长，对方爱答不理地瞥了一眼名片，说了一句不冷不热的话："我管不了这事，你们去找头儿。"

辗转了3个来回，费明星总算知道口岸上最大的头目是利比亚军队的一位司令。

"不行，他们没有证件，我们不能放行。"那位司令很傲慢地回答费明星。

这可怎么办？费明星只好拿起卫星电话向国内请示道："黄司，碰到难题了……看来得找利方高层来帮我们做口岸工作了！"

"好的，我们马上处理。"

……

"王大使，请你想法与利比亚方面联系……"

"明白。"

北京和的黎波里的外交专线在黄屏与王旺生大使之间频频连通。

半小时过去，王旺生大使告诉费明星，利方外交部副部长答应帮忙跟拉斯杰迪尔口岸的负责人通话。

好消息！费明星精神一振。

可又过了一个小时，口岸方面仍然没有动静，那位司令的态度仍然很生硬和冷淡。

"王大使，能把那位副部长的电话给我一下吗？我想直接跟他通话。"费明星等不及了。拉斯杰迪尔口岸上，每一个小时都会增加几百几千逃难者，秩序越来越乱，军警却在随意开枪伤人，饥饿、寒冷、绝望之中的中国工人们的情绪也在不断激化，随时有可能爆发无法控制的恶果。

"可以。"王大使很快让利方的外交部副部长跟费明星通上话。

"我们正在跟拉斯杰迪尔口岸联系。"那位副部长很热情地告诉费明星。

费明星觉得时机基本成熟，于是他又一次出现在那个司令面前："长官，我们的人没有护照并非他们不想带，也不是没有，护照有的放在你们移民局，有的被当地的坏蛋抢走了。这是没有办法的事，如果我们的人不离开这里，也会给你们带来很多麻烦。"

说着，他拿出一份国内郭少春他们给传来的"回国证"，这是为那些因特殊原因失去护照的海外中国公民特别制作的证件，上面用英文写着某某中国人，并盖有中华人民共和国外交部印章。"您看，我们可以用这样的回国证替代他们的护照，在其他国家我们曾经用过。"

那司令瞅了一眼，然后把证件还给费明星，冷冷道："不行！"

奶奶的！费明星气得直想骂，但他还是强压怒气，赔着笑脸继续解释、讲理。

"想走可以，第一，你要把回国证明改了，上面的英文要改成阿拉伯文。"那司令开口了，"第二，必须贴上每个人自己的照片。第三，照片上要盖你们大使馆的章。"

费明星一听就傻了，眼下这个时候，能搞得定这三样东西吗？

"搞不定你就不要来找我。"那司令的口气很强硬。

这回费明星知道不能再跟对方硬了:"好吧,我们一定按照长官的意见办!"

说完这话,费明星自己先犯起愁来:"荒漠野地,到哪儿去给那么多人照相啊?"

"我们可以帮你们照啊!"这回司令反倒热情起来。

"是吗?"这是费明星没料到的。

不一会儿,司令真的把照相的人找来了。费明星很高兴,可仔细一看,又跳了起来,那人用的是数码相机,照完了到哪儿去冲洗照片呀?

"祖瓦拉有冲洗照片的商店!"照相的利比亚人说。

天哪!祖瓦拉现在去得了吗?即使去成了,那洗照片的商店还在吗?再说就算这些问题都不存在,可等照完冲洗好再送到这里要多少时间呀?

"快的话,两天就办到了!"照相的利比亚人说。

"两天?还要两天?"费明星眼珠都要瞪裂了。

"一定要贴照片?"

"一定!"

"不贴行不行?"

"一定不行!"

费明星不用动嘴,盯着司令,用眼神跟他交流。司令不动声色，眼神傲慢，一副居高临下的神态。

明白了，他是想假公济私赚点零花钱！费明星不再跟司令讲道理，他知道对方要什么了。

"准备照片吧！我们就按他们的意思办！"费明星对中国工人们说。

照片问题解决了！

英文改阿文怎么办？

"喂喂，谁懂阿拉伯文？"费明星问大伙。

"我懂。"

"我行。"

"好，就你们几个，跟着我们的小宗。他怎么写，你们就照猫画虎。"

现在只剩下大使馆的印章了。有人说，这不难解决，用肥皂或是萝卜刻一个章就行啦！费明星一瞪眼："胡闹，丢人现眼都丢到非洲来了！"

是啊，章怎么解决？费明星作难了，世界各国的海关人员可以不通识各国的文字，辨别不清出入境人员的面孔，但对每个国家的印章必须要熟记，也就是说哪个国家的国徽是什么样，他们都烙在脑子里，这是海关人员的职业要求。

费明星无可奈何，只好给的黎波里的大使馆打电话。他看了一下表，是当地时间半夜 1 点多。电话打过去，是大使夫人接的：
"费组长，大使出去办急事了，没在使馆。"

费明星内心一阵感动，王大使都是五十八岁的人了，还在没
日没夜地工作！

"这边有几百人出不去，他们没有证件，海关不放他们走，非
要盖使馆的章。我估计这种情况还会有，我想派人回去取一下使
馆的章。"

"哎呀，这我可做不了主。"大使夫人说。尽管她也是使馆的
工作人员。

"使馆的章只有一个呀！"她补充说明。

"嫂子，人家并没有说一定要使馆的章。既然没有说，我们就
拿个使馆其他什么部门的章用一下。"

"明白了。我马上找。"大使夫人回答。

费明星立即派人前往的黎波里。"抄近路，越快越好。最好在
天亮前返回这里。"他叮嘱道。

"明白。"取章的人走后，费明星马上着手让宗宇和高晓林等
与口岸海关方面联系，争取让他们给予中国工人出境方便。

一阵寒风刮来，费明星打了一个冷战，下意识地将里外衣服
紧紧裹了一下。可当他把目光转向坐在地上的那些同胞时，心里
一阵紧缩，外面太冷了，他们又几天没吃饭，这样下去怎么行呢。

"决不能在非战斗情况下减员！这一条适用于你们工作组的成员，也适用于所有撤离的同胞！"黄屏司长临别时说的话，突然在费明星耳边回响。

费明星看看露宿在沙地里的同胞，心头一阵酸痛。这些有家有室的同胞，不远万里来到非洲，本来是想给家里挣几个钱的，没想到现在却露宿荒野，身无分文！如果明天再走不了，病倒一片该怎么办呢？想到这里，费明星心头顿时紧张起来。

"让在利的中资公司先垫钱，我签字，以后还他们。快去给工人们买点吃的！另外，看看附近店里能否弄到毛毯什么的，大伙不能这样在野地里睡觉！"

"我去。"宗宇主动请战。

办事利索的宗宇很快把这些搞定。面包和矿泉水都买来了，每人两个面包、两瓶矿泉水。

"还需要吗？店里还有。"宗宇问。

"给人家留一点，别全买光。"费明星说。

"为啥？"

"你买光了，这里还有那么多其他国家的公民，他们去买怎么办？"

费明星的话令宗宇等佩服。

宗宇又说："那老板说了，毛毯可以弄到，不过价钱贵。"

"多少钱？"

"比平常大约贵两三倍。"

"不算贵，若有人冻出毛病的话，要花的钱就更多了！买！一人一条最好，不够的话两人盖一条也行！"

四五个小时后，296床毛毯发到了工人们手里。冻得瑟瑟发抖的工人们拿到毛毯时，激动得直嚷嚷："这是国家给的。""真暖和啊！"

一晃眼，就是早上五六点了。太阳从东方升起，风还是吹个不停，但费明星感到无比欣慰，因为他看到几百名熟睡的同胞身上都严严实实地盖着毛毯……

费明星有些激动，眼睛酸酸的想掉泪，但他忍住了。他知道，新的一天已经到来，更大、更艰巨的战斗等待他去迎接！

这天是26日，按照国内的指示和大使馆提供的情报，将有四千多名中国同胞集结到拉斯杰迪尔口岸，并且必须要在当天撤到突尼斯那边。

任务全都压在费明星身上，他的肩膀上现在扛的是整个驻利使馆的重担，是中国外交部的重担，是中国政府的重担，是亿万中国百姓的期待！

费尽周折去的黎波里取使馆印章的人回来了，拉斯杰迪尔口岸上中国万人大撤离战幕，就要拉开啦！

首先必须争取利比亚口岸方面给我们开辟一条专用通道，否则这么多人要走多少时间呀！这任务交给宗宇和高晓林。费明星和林先昱等人组织队伍准备行动。

在费明星的指挥下，很快完成了编队。每 20 人一队，每队有一位小队长负责全队秩序。

这时，公安部出入境业务出身的林先昱在一旁忙着按利比亚口岸司令提出的 3 点要求为中国同胞做回国证……

不说别的，几百个钢印盖下来，手酸背痛。林先昱使劲起落着胳膊，盖得满头大汗。

拉斯杰迪尔口岸最高长官的办公室里，宗宇、高晓林一副与司令很熟悉的样子，将准备好的几份重新制作的中国公民回国证递上去，让其过目审定。"司令，我们可是完全按照你的指令办的，可费劲了！我们整整忙乎了一夜……"宗宇做了个胳膊都抬不起来的痛苦状。那位司令一边看着中方的回国证，一边瞥了一眼宗宇的可怜样儿，心头似乎得到了极大的满足。

"就这样吧！"司令说。

"噢，太谢谢司令了！我们中国和利比亚是永远的朋友！"高晓林猛地伸出双臂，无限热情地上前要给司令一个拥抱，就在离他身体还有半尺的地方，她突然将双臂迅速收拢回来，做了一个伊斯兰教合掌致意的动作，弄得那位司令忍俊不禁。

费明星的热血都在沸腾："宗宇，现在就看你和高晓林能不能带第一批队伍闯关成功了！"

"没问题！"宗宇也受了感染，身板挺得笔直。

"费头儿，我有个建议……"高晓林对费明星说，"第一批闯关的20人，最好由我们中南院昨天没能出去的人组成，他们素质相对高些，如果给利方海关人员留个好印象，后面的人就会通畅了！"

"就这么办！"

"准备出关！"费明星一声令下，第一支由中南院职工组成的20人出关队伍向出境口走去。

高晓林走在最前头，后面由宗宇压阵。

特制的中国公民回国证放到出境口的利方海关人员手上，那人看了看，疑惑起来："这个……"

"这是经你们司令同意，并且按照他的要求补办的。你看，用的是阿文，有他们的照片，这儿是大使馆的章……"高晓林立即凑过去说。

"可是人家用的都是护照。"那人还是疑惑。

"你都认识我了，我们中国人出境都是我带出去的。不会有错，你们司令都认可了……"高晓林正说着，那位司令正好从旁边路过。

"司令！我们的回国证是按照你的要求做的！"高晓林特意把一份回国证递到司令面前。

司令似乎已经懒得再看一眼了，对海关人员点了点头："让他们过吧！"

"是！"那海关人员立即握住出境章，"啪"的一声敲在中国公民回国证上。

"走！快走！"高晓林亲自将一个又一个中国工人送出出境口……20人很快，高晓林又带着他们走向第二道关口。

"报告组长，第一批顺利通过，快让后面的人过来！"宗宇悄悄地在出境通道口用对讲机告诉百米外的费明星。对讲机是中资公司留下来的，这回工作组可派上大用场了！

"好！"费明星一挥手，第二支20人队伍疾步跟在第一支队伍的后面，以同样的方式办完出境手续。

"第三队跟上……"

"第四队准备……"

"……"

"报告组长，我们所有的人都出去了！"这是宗宇的报告。

"都出去了？再说一遍！"费明星看看手表，也就一个多小时。他的心在剧烈地跳动，如果是真的，太值得庆贺与激动了！

"是都出去了！"宗宇重复一遍，用更大的声音。

"好!"费明星立即给国内的郭少春和黄屏司长发了一条短信:"滞留利突边境的六百余名无护照人员顺利出境。"

不出一分钟,国内就有了回信:"奇功已成,再接再厉!"虽只有短短的 8 个字,却让费明星觉得如同得了一块奥运会金牌,他在沙地里兴奋得直蹦。

"大使,我们闯关成功,请迅速通知西部撤离的各中资单位马上向拉斯杰迪尔口岸集结……"费明星通知我驻利使馆。

"明白。"

26 日这一天,拉斯杰迪尔口岸是属于中国的。对于忍饥挨饿、思家心切的中国撤离人员来说,这是一个异常出彩、异常兴奋的日子,值得永生铭记。

成千成千的大队人马浩浩荡荡开来了。这是一支奇特的队伍,他们整齐划一地乘车而来,显得纪律严明、训练有素,可他们乘坐的车辆却是五花八门、各式各样,有卡车、面包车、拖斗车,甚至还有当地的警车。很多中资公司跟当地人关系非常和睦,利比亚地方武装或是军队听说为他们盖房子的中国朋友要离开了,专程出来欢送,场面很是热闹。

费明星感慨万千,这世界上什么事都可能发生,在利比亚更是如此。

几千人要出境,办手续得花多长时间呀。这是现场总指挥官费明星需要考虑的。他沉思片刻，把中资企业的领导找来分配任务。不管眼前这些大老板掌握着多少亿的资产，号令着多少万员工，费明星顾不上跟他们客气："你们现在每个单位就是一个战斗团，我们今天几个团都要出去。因出境的人太多，需要加强组织、严明纪律，否则会节外生枝，误了大事。大家必须一个方队一个方队地组织好，每个方队400人，方队每排队为20人。这样前面走完一个队，后面紧接上去，中间要衔接好，不能掉队或是断队。每个方队要有方队长，每20人排队要有小队长。听明白了没有？"

"明白了！"

"好，回去组织列队！"费明星站起身，指着不远处一块空地说，"所有队伍都在那里集合整队，以我们的国旗为中心点。现在行动！"

"是！"

"行动！"

2011年2月26日，拉斯杰迪尔口岸，在数万外国难民面前，中国员工站在迎风飘扬的国旗下，斗志昂扬，精神焕发，展示着独有的风采。他们肩背挎包，手握护照或是回国证明，一个个像刚入伍的民兵。虽然服装五颜六色，个头高矮不一，但他们的步伐坚定有力，步调一致地向着回国的方向迈进。

"现在是中土方队出境。"

　　"宏福方队跟上……"

　　一个个出境方队开始向海关走去，方队前是费明星他们小分队的队员，手中都举着一面鲜艳的国旗。一个方队走完，就有第二个方队紧跟上，那一面面国旗就在方队之间传递。当国旗从同胞身边传递而过时，一张张带着自豪的脸上泛着光辉，他们似乎在合唱"祖国好""中国好"的歌……这样的场面不会有太多的重现，它比电影镜头还要精彩，还要感人！

　　这是撤离出境吗？

　　这简直就是一个阅兵式！

　　这是人心惶惶的难民队伍吗？

　　这简直就是钢铁长城！

　　利比亚海关人员看呆了！边境军警看呆了！成千上万疲惫不堪的外国难民看呆了！他们都被眼前这支整齐而奇特的出境队伍所震惊，中国人太了不起了！

　　"你们为什么能让中国人出去，却不让我们出去？"海关大厅内的外国公民开始羡慕，责问利比亚海关人员。

　　"你们能像中国人一样有纪律吗？你们的国家派人来组织你们出境吗？"海关人员反问道。

　　没有人回答。于是只有中国人可以这样出境。

　　26日这一天，费明星粗略算了一下，共有三千二百多名同胞从拉斯杰迪尔出境。他把这个数字及时向国内作了报告，同时又向的黎波里的王旺生大使作了报告，并请他们转告我驻突尼斯使馆，以便中转接应。

与此同时，王旺生大使向费明星他们转达新的情况——27日当天，将有近五千人通过拉斯杰迪尔口岸。

"明天比今天的人还要多啊！"沙漠营地里，宗宇与费明星肩靠着肩，一边吃着从工友那里找来的中国产火腿肠，一边望着夜幕下天空偶尔露出的几颗星星，做着新一天的战斗准备。

露宿荒野，又冷又饥，当紧张的战斗停歇下来时，才感知身体的疲惫与辛劳，同时也能体味战斗的特殊乐趣。费明星和他的队友们其实根本不能休息，各个点的撤离队伍此时都在从四面八方向口岸集结，电话时断时续，无法确定各支队伍的路线与到达时间。关键是拉斯杰迪尔属于边境地区，利比亚边防军依然存在，反对派的武装也已经进入这一地区，混乱之中双方常常把往拉斯杰迪尔口岸撤离的各国侨民队伍误认为是敌方队伍，所以危险随时存在。这让费明星他们异常担心。

"费组长，现在中铁十一局的四十多辆车被边防军扣留，你们马上派人过去营救！马上！"27日凌晨，大使馆方面向费明星传来紧急指令。

"宗宇，你和小陈马上过去看看是怎么回事，想办法带他们过来!"费明星命令宗宇和使馆的小陈立即去执行任务。

"是。"

宗宇和小陈叫上驾驶员,向扣留中国公司车辆的利比亚边防关口驶去。到了地方一打听才知道,这支撤离车队在经过利比亚边防时,边防关口关闭了。

"怎么办?"宗宇来电请示费明星。

"能怎么办,找他们当地的警察和边防军啊!"费明星说。

于是宗宇他们赶紧寻找当地的警察,向他们说明情况并请求帮助。警察倒是很热心,很愿意帮忙。跟边防军沟通时,要多费些口舌,宗宇解释说因为要赶在27日出境,车队必须一早到达拉斯杰迪尔口岸。警察见边防军士兵有些犹豫,便打包票说:"我可以替中国朋友保证,他们没有问题。"

"走吧!"边防军终于开启了关口。

"车队过来时,我正好站在路旁看着。当时大约是凌晨两三点钟,我远远地看到一支浩浩荡荡的队伍,前面是警车闪着警灯引路,后面是清一色的翻斗车改成的运人车队。每辆翻斗车的翻斗里坐着三十人左右,整整齐齐。晨曦下,所有的车子前面都闪着两道明亮的灯光,它们一辆接一辆地驶向拉斯杰迪尔口岸,十分壮观。这是我第一次在夜景里看到如此多的车辆威武地从我身边通过。当时我想,我们在利比亚干得真漂亮,利比亚人也非常给力，应当感谢他们。"费明星后来这样对我回忆道。

这支队伍到达拉斯杰迪尔口岸后，费明星他们及时与口岸的海关人员协调，使其成为 27 日首批从专用通道过境的中国公民。一千余人整齐有序，在一面中国国旗的引领下，迎着朝霞，雄赳赳地列队进入突尼斯……

"报告！不好了！我们丢失了一车人！他们还在边防关口那儿被扣着……"过境的中资公司突然向费明星报告，说他们在清点队伍时，发现少了几十个人，而且这些人根本就没有到达拉斯杰迪尔口岸。

这太危险了！

"林先昱，你和李庆生快去看看是怎么回事！"费明星顿时急出一身冷汗。几十人散落在边境地区，一旦遇上打仗，死在炮火之下实在不足为奇。费明星能不急吗？

这回是林先昱亲自驾着费明星他们从的黎波里开来的面包车上阵。

"行吗？"费明星第一次放自己的人在异国开车，而且是去执行紧急任务。

"不会有问题！"林先昱踩下油门，向出事地点飞驰而去。

果不其然，就在今天凌晨放行的那个边防关口，当地警察局把一辆车上的几十个中国工人扣住了，而且车辆也被没收了。

"车辆已经被征用。"警察说。

林先昱从工人的口中得知，他们坐的最后一辆车不是翻斗车，所以当浩浩荡荡的翻斗车车队通过边防关口时，边防军发现最后一辆车与前面的不同，认为可能是另外一帮非法越境者，于是将其扣住，并交给了当地警察局。

"他们和刚才那批过关的人是同一家公司的，请放行吧。"李庆生说。

警察摇头说："他们没有护照，什么身份都没有，怎么证明你说的他们是中国人呢？所以我们要扣留他们。"

这个问题一下把李庆生、林先昱难住了，是啊，在这样敏感紧张的时期，一群什么证件都没有的人来到边境，边防军和警察扣住他们完全在情理之中。他们明明是中国人，但怎么来证明呢？

"你可以看我的证件，我是中国政府派来的撤侨工作组的，我可以证明他们是我们中国人！"李庆生再次与警察交涉。

"不行，你的证件只能证明你是中国人，但不能证明他们。"警察摇头，抱歉地冲林先昱笑笑。

"他们会唱中国国歌！"突然，李庆生灵机一动，高声对利方警察说。

"唱中国国歌？"

"对，如果不是中国人，他即使会说几句中国话，也一般不会唱中国国歌！"

"这道理……似乎成立。"警察点点头。

李庆生立即转过身，向几十位中国工人说："大家听好了：立正，向左转，一起唱国歌！"

工人们一下明白了，纷纷自觉列队。

"预备——唱！"

"起来！不愿做奴隶的人们！把我们的血肉，筑成我们新的长城！中华民族到了最危险的时候，每个人被迫着发出最后的吼声……"几十位中国工人不知哪来的力量，声情并茂，唱得很投入，把国歌唱得那么高亢昂扬，充满情感！

利方警察被镇住了，不错，他们都在唱，都会唱。

"你，出列，唱！"一个警察指着队伍中的一位工人说。

于是那工人直着脖子，大声唱道："起来！起来！起来……"

"还有你！唱！"

于是那名中国工人唱道："我们万众一心，冒着敌人的炮火，前进！冒着敌人的炮火，前进！前进……"

"走吧。你们都是中国人！"警察热情地鼓起掌来，然后对李庆生一挥手道。

"出发！"李庆生带着队伍走路，林先昱驾车返回报信。

大路上，这群失散的中国工人兴高采烈地走向拉斯杰迪尔口岸。3公里的路途上，他们一直高唱着国歌。

这可以成为经典的一幕。

这是中国人在异国他乡证明自己身份的经典一幕。

费明星见同胞们唱着国歌走到口岸，放声大笑，笑出了眼泪，那眼泪里饱含着感动，饱含着深情。

27日白天，拉斯杰迪尔口岸再次出现中国人壮观出境的场面，光北京建工集团一个单位，就开了182辆车子来到口岸。当时费明星他们划出的中国撤离营地集结的人数达四千余人。如此多的人，集体出境谈何容易。他们在费明星等人的指挥下，先在集合区域列队准备，再按单位组成一个个巨型方队，每个方队前面都有一名费明星工作组人员做领队，每位领队手中举着一面五星红旗，五星红旗指向何处，后面的方队就会整齐地紧随其后……

400人……400人……

又是400人……

原本乱哄哄、吵嚷嚷、悲切切的拉斯杰迪尔口岸，因为庞大的中国出境队伍的出现，一下变得庄严肃穆，变得有序。

"中国人太厉害了！"

"中国人太了不起了！"

看着一队队中国人走过利比亚边关，口岸上聚集的其他国家的几万难民既羡慕又感慨，就连在口岸上工作的利比亚人也是如此。

夜幕降临，边卡关闭之时，中国西线撤离队伍已基本全部出境，任务提前圆满完成。

当看到最后一个方队走出拉斯杰迪尔口岸、走向突尼斯境内时，费明星倒下了，倒在了沙地里。只见他四肢张开，朝天深深地喘了几口气，然后侧过头问也躺在沙地里的宗宇："今天撤走了多少人？"

"4736 人。"宗宇回答。

"没有算几十名越南人。"一旁的林先昱说。

"那不是我们的任务。"宗宇说。

"算是我们的情谊吧！"费明星的脸上露出一丝笑意，他在回想当时越南人趁海关人员松懈之际，混进中国撤离队伍的情景……

"报告费头儿，有越南人混进我们的方队，怎么办？"有方队队员向费明星报告。

费明星开始有些紧张，怕这样一来给整个中国人员过关造成麻烦，便犹豫起来。

"大哥，我们中越两国是同志加兄弟，让我们一起走吧！"几名越南人操着中国话，来乞求费明星。

费明星看着眼前可怜兮兮的越南人，内心泛起几分怜悯和痛楚。让他们一起走吧，出门在外都不容易！

这些越南人后来都安全地出了海关。

28日，费明星一行完成任务，国内指示他们立即撤到突尼斯境内。也许是过于劳累，也许是过于兴奋，当越过突尼斯边境线，看到等候在那边的我驻突尼斯使馆人员时，费明星这几个身强力壮的小伙子竟然一个个瘫倒了……

"快告诉我们，现在你们最想吃什么好吃的？"驻突尼斯使馆接应人员扶着英雄的特别行动小组的小伙子们一路问着。

"什么都不想吃，就想洗个澡，睡一觉。我们五天没洗澡了。"费明星吃力地说。

说完他自己笑了，队友们跟着笑，使馆接应人员也在笑。他们一起笑得直不起腰，笑得地中海岸边浪欢风舞……

发表于《人民文学》2012年第10期

曾获《人民文学》优秀报告文学奖特等奖